亿男

(日) 川村元气 著
吕灵芝 译

新星出版社 NEW STAR PRESS

目 录

005	一男的世界
039	九十九的钱
075	十和子的爱
113	百濑的赌博
153	千住的罪孽
209	万佐子的欲
249	亿男的未来

落魄的卡尔费罗鼓励深受疾病困扰的塞瑞拉。

"人生所需要的,无非就是勇气和想象力,还有这么一点儿钱啊。"

卡尔费罗继续说下去。

"奋斗吧,为了你的人生。活下去,经历痛苦,享受生活。生命如此美好,如此灿烂。生存与死亡一样,是无可避免的。"

周五深夜。一男在冷飕飕的四叠半房间里,拼命拽出储物柜里沉重的旅行袋,脑中突然闪过查理·卓别林《舞台春秋》的一个片段。

试图自杀的塞瑞拉从卓别林饰演的卡尔费罗身上得到了勇气和想象力,重新振作起来。最后一幕,当塞瑞拉在舞台上大放光彩时,卓别林凝视她的目光让人难以忘怀。

不过,这其中还隐藏了另外一个事实。卓别林在写下这句台词之前，就已经签下了一年六十七万美元（现在至少价值九亿日元）这绝对称不上"一点"的合约。据说，他在签下合约后，还呆站在纽约时代广场正中央，愣愣地盯着广场大屏幕上播放的关于自己合约金额的新闻。

那时的卓别林，是否能称为幸福呢？

一男缓缓打开旅行袋，试图按照时间顺序再把这三周里发生的事情回忆一遍。可是每当他试图回忆，内心就会陷入混乱，记忆中会莫名地混入剪辑得乱七八糟的电影场景，让他始终觉得自己还在梦中，尚未清醒。

打开旅行袋，里面满满当当地塞着还没来得及扯掉封条的成捆的万元大钞。一男轻轻拿起一沓一百万日元，摆在地板上。百万日元一捆的钞票共有三百沓。地上铺满了价值三亿日元的福泽谕吉的脸[1]。那一双双眼睛无比冰冷，明明是被俯视着，却让一男感到自己反被小瞧了。这真的是那个留下"天不会造就人上人，也不会造

---

[1] 一万日元钞票上印的是福泽谕吉，日本近代著名启蒙思想家，私立庆应义塾大学的创始人。

就人下人"名言的人物吗?

有钱就能幸福,这句话早就没人信了。

变成有钱人,住洋楼,吃大餐,这早已不是万人追求的幸福生活了。我们身边充斥着妻离子散的亿万富翁,和锒铛入狱的暴发户。

可是,人们同时也知道,没钱也能得到幸福这种话根本就是放屁。

重要的不是财富,而是心灵的充实,这完全是彻头彻尾的谎言。如果那是真的,他早该遇到更多拥有了所谓"金钱买不到的幸福"的人。

一男盘腿坐在堆得高高的三亿日元钞票上,思考着金钱与幸福的关系。可是,他并不认为自己能找到答案。

那,到底该怎么办?

"请你告诉我金钱与幸福的答案。"

一男不由自主地向福泽谕吉询问道。

码在地板上的福泽谕吉们同时思考起来。他们都摆出了一副沉思的表情。一男目不转睛地盯着他们,仿佛在期待答案。

"这个嘛。嗯……那个啊……"一番苦思冥想之后,谕吉凝重地说,"金钱和幸福的关系嘛,老实说,那个,这个……我也思考了很长时间,但还是想不明白。不好意思啊。"

结束荒谬的妄想,一男无力地躺倒在三亿日元上。他不经意间睁开眼,发现无数双谕吉的眼睛正在盯着自己。

那些脸看上去似乎依旧在寻觅答案。

——男的世界 ——————

据说，野口英世[1]和樋口一叶[2]都很穷。

出生在贫困家庭，最终成为一名成功的医学专家后，野口英世终其一生依旧与财富无缘。樋口一叶在凭借《青梅竹马》成为一流作家后，依旧过着债务缠身的日子，直到二十四岁香消玉殒的那一刻，生活都捉襟见肘。

苦于贫困的人死后竟成了钞票上的头像，他们心里会作何感想呢？

"贫穷一定有着许多独特的乐趣，否则不可能还有这么多人甘于贫穷。"

这是过去他在一本关于金钱的书上读到的话。这句话教给他的并不是享受贫穷的方法，而是这个世界到处充斥着金钱的讽刺。

一男之所以能得到这三亿日元，也是因为在那充满讽刺的一天，发生的某件事。

---

[1] 一千日元钞票上的头像。
[2] 五千日元钞票上的头像。

正好三周前的那个星期五。

那天,一男正在图书馆前台整理人们归还的书籍。

每天早晨八点半上班,打开馆内的电器设备,开启电脑,准备开馆。图书馆九点开馆后,他就待在前台处理来馆人员的借出归还手续,然后整理归还的书籍,把它们放回书架上,结束一天的工作。图书馆没有外界的喧嚣,时间静静地流淌着。一男很喜欢这一点。

"那个……不好意思。"

一个瘦削的青年对他说了句话。他一头乱发状似枯草,脸上的胡楂邋邋遢遢,运动衫的领子松松垮垮。看上去像个复读生,或靠打零工为生的无业游民。只见那个青年强忍住一个哈欠问道:

"能让人变成有钱人……的书,在哪里啊?"

这个问题太宽泛了。

一男有些为难地回答:

"你是说……'如何变成有钱人'的实用书籍吗?"

"对。就那种书。"

"这个嘛……最有代表性的应该是比较富人和穷人

的畅销书，和犹太大富翁的名言集锦吧。还有些比较奇怪的，像那种改用长钱包，收集黄色摆设改变风水，或者跟有钱人结婚之类的方法书也有不少。"一男本着图书管理员必备的职业风范淡定地回答，"二楼经济类图书的B书架有很多那种书，你去找找吧。"

瘦削的青年看也不看他一眼，直接点点头，随后转身走上台阶。

一男看着他的背影想：这个人读了"经济类图书B书架"上的书，真的能变成有钱人吗？世间充斥着"变成有钱人的书"和无数的畅销经典。读了那些书，真正变成有钱人的人又有多少呢？

尽管如此，每天还是有许多人借走那些"变成有钱人的书"，就像来寻求宝岛的地图。可是谁也没有发现，那个岛上根本没有宝藏（或早已被他人掘走）。

下午五点。图书馆响起懒洋洋的钟声。

一男穿上呢子大衣，把东西收拾进小背包里离开了图书馆。他并没有回家，而是坐了三十分钟电车，在一个安静的车站下车,到站前的牛肉盖饭店简单解决了晚餐。随后沿着昏暗的河堤走上十五分钟,来到了一家巨大的面包加工厂。

一男在排列着细长储物柜的更衣室里换上白色工作服,戴好口罩,往头上套了一个塑料头套,紧接着便走到传送带前,将不断输送过来的面包材料揉成面包的形状。中间休息一个小时,继续与传送带上的面团搏斗。永无休止的单纯作业、令人胸闷的酵母气味,以及难以抵御的睡意让他头脑昏沉。他渐渐觉得自己变成了面包,而面包则取代了自己。

两年前,一男的弟弟失踪了。

弟弟抛下妻子和两个孩子(开朗的两兄弟)突然消失了。祸不单行,弟弟还欠着三千万日元的债务。一男得知这一消息后,主动承担了那些债务。因为双亲经济并不宽裕,家里也没有值得依靠的亲戚。

一男的妻子和老丈人一家也表示愿意施以援手。"别担心,我父母就是你父母。有困难就尽管去找他们吧。"妻子说。但一男拒绝了,因为他不想给妻子和她的父母添麻烦，同时也为弟弟的所作所为感到羞耻，所以他无法向任何人寻求帮助。

那之后的两年，他并不想回忆起来。

他在家中与妻子争执不断。冲突的契机全是跟孩子和家务有关的琐事。不过现在回想起来，问题的源头其实都是"钱"。虽然彼此都极力回避那个话题，但问题无疑就在于此。半年后，妻子带着他们的女儿离开了这个家（妻子在百货商场工作，自己也有一定收入）。然后就是一年半的分居生活。

为了偿还债务，一男白天在图书馆工作，晚上则在面包工厂的传送带前做兼职。这样每月下来能有四十万日元的收入。留下妻子、女儿和自己的生活费，剩下的二十万日元用来还债，连本带利还清需要三十几年。

朋友对一男说，不是还有更快的赚钱方法吗？一男心里也明白。只是这种不分昼夜的生活却能让他无暇关注降临在自己身上的悲剧。他将眼前的所有时间都投身于劳动中，仿佛这样就能忘却正在折磨自己的"金钱的现实"。

"今天的货币体现出一种新形式的奴隶制。"

身为大作家却终生清贫的托尔斯泰以此作为自身与金钱的诀别。可是那句话中同样隐藏了不为人知的事实。他的妻子十分骄奢,夫妇每日争吵不断。最后,八十一岁的托尔斯泰走出家门,在俄罗斯深冬的街道上走了三天三夜,倒在车站旁停止了呼吸。由始至终,他都没能摆脱被金钱奴役的命运。

一男也跟托尔斯泰一样。无论怎么逃避,他都无法摆脱这个"金钱的现实"。贫困竟是如此凄惨而艰辛——直到现在,一男才深切体会到这个事实。

凌晨三点。一男结束工作,从漆黑的后门走出了面包工厂。浓浓的睡意和疲劳使他的身体无比沉重,仿佛已经不是自己的东西。一男像拖着沙袋般迈着沉重的脚步,回到工厂旁边的宿舍里。

伴随着一串金属钝响,他爬上楼梯,打开廉价的薄木门。如同大理石般美丽的黑白灰三色小猫(上个月在河岸边捡到的)醒了过来,走到他脚边喵喵叫了几声。

"稍等一会儿,马克·扎克伯格。"

一男给这只以年纪轻轻便成为亿万富翁之人命名的猫咪拿来猫粮和水。趁可爱的扎克伯格专心吃饭时,他走出房间在公共浴室洗了个澡。从户外回到房间的这十几秒就让身体彻底冰冷下来。一男给自己冲了咖啡,拿出事先买好的香蕉和工厂配发的面包当早餐吃完。他一边看电视一边跟扎克伯格玩了一会儿,紧接着便像断电一般倒头睡了过去。

醒来时,已经过了十一点。

"不好,我得走了。"一男摸摸扎克伯格的头站起来,慌忙从衣柜中取出基本没什么机会穿的西装(在量贩店买的炭灰色便宜货)穿好,再笨拙地系上领带,套上皮鞋,走出宿舍。

"哦,好难得啊。"住在隔壁屋的老同事在经过他身边时说,"要出去约会?"

"是啊,"一男略显羞涩地说,"嗯,出去约会。"

"去吧,好好玩。"

一男对同事挥挥手,朝车站方向跑去。

在电车上摇晃了四十五分钟,绿地和蓝天渐渐变成灰色的砖瓦,楼房越来越高。他在颇有人气的现代化都市中心下了车,穿过充满异国风情的街道,看到一所法国别墅风格的高档餐厅,餐厅有着漆黑的大门和锃亮的大理石地板。他有点儿紧张地报出预约的姓名,走进店内。地方虽小,装潢却格外精致的店中摆着十五张餐桌。盛装的男男女女正在享用自己的餐点。

其中坐着一名显得格格不入的小学女生。只见她背着红色小书包,坐在椅子上,百无聊赖地摇晃着小腿。

"小圆,不好意思,让你久等了。"一男快步走上前,在餐桌旁落座。

"爸爸你好慢。我打算再等三分钟就回去了。"

一男的女儿名叫小圆。像绝大多数父亲那般,一男认为自己的女儿是个小美人。今天是他女儿的九岁生日,一男狠狠心邀请她到高档法国餐厅来用餐了。套餐四千日元,两个人就是八千日元。一男每天加工的面包一个一百日元,这就是八十个面包的价钱。他没日没夜地劳动一天,就为了这一顿饭,这一小时的时间。过去,玛丽·安托瓦内特对饱受贫苦的民众说:"没有面包,那他们为何不吃蛋糕?"[1] 确实,再没有什么比食物的价格更让人难以理解的了。

"两位要选什么饮料呢?"

一身黑西装的高个子店员走过来询问。

"那个……"小圆仔细研究了一下菜单,对店员说,"我要米饭。"

"小圆……突然点米饭可能有点儿奇怪哦,而且菜单上也没写。"

一男为难地说。

可小圆还是摇晃着双腿,面不改色。

"明白了。我去跟大厨商量一下。"

---

[1] 玛丽·安托瓦内特是法国国王路易十六的王后,法国大革命末期被处死。这句话的原话被记录在卢梭的《忏悔录》中,大意为:"他们没有面包吃,为什么不吃面包皮蘸酱?"原本只是由于出于同情却缺乏常识而说的话,后人为了将愤怒宣泄在这位奢侈的王后身上,将她的话篡改为"蛋糕"了。

店员似乎并不在意,而是非常绅士地作出回应,随后微笑着离开了。

几分钟后,店员把开胃菜的芝麻菜沙拉和一碗米饭一起摆在了小圆面前,随后对小圆微笑着挤了挤眼睛,小圆也回给他一个微笑。没想到今天头一次见到女儿的笑脸,对象却不是自己,而是那个俊俏的店员,这让一男多少有些受到打击,只好默默地将餐巾铺在膝盖上。

没想到,小圆竟从自己的红书包里掏出一瓶画着哆啦A梦图案的下饭料,往米饭上撒了一些吃了起来。咔兹咔兹咔兹,安静的餐厅里回荡着咀嚼下饭料的声音。在周围那些盛装男女的苦笑中,时间缓缓流动着。

"最近怎么样?"一男为了转换心情,随口问了一句。

"什么怎么样?"小圆反问。

"学校怎么样,开心吗?"

"一般。"

"那妈妈怎么样?"

"什么怎么样?"

"她还好吧?"

"不错。"

对话进行不下去。小圆小时候总是爱牵着他的手,一起泡澡,一起睡觉。如今他和自己的女儿却连对话都进行不下去,一男做梦都没想到自己会变成如此典型的"跟女儿没有共同话题的烦恼父亲"。

如同攀岩运动员寻找下一块可以落手的岩石一般,一男拼命寻找着新话题,可是对话无论如何都无法继续。几欲坠落的一男抱着求助的心情,对小圆问道:

"对了,快要汇报演出了吧?"

"嗯,下个月。"

"练习辛苦吗?"

"辛苦。"小圆吃完米饭,用餐巾擦了擦嘴,回答道,"不过跳芭蕾舞很开心。"

去年女儿表演,一男没有去看,因为妻子不希望他去。芭蕾舞教室有很多熟人,两人分居的消息也已经传开了。虽然他们也可以假装成和睦的一家去观看(实际上那样的家庭应该有很多吧),但妻子从来就不擅长撒谎。

"今年妈妈也要去吗?"

"可能吧。不过她工作好像很忙,有可能来不了。"

"这么忙吗……你在家里会不会寂寞?"

"我没事。"

因为他们夫妻俩的问题,让女儿感到寂寞了。一男感到有点内疚。只要有钱,就不会发生这种事了。他并非没有这种想法。早知如此,当初就该接受妻子提供的帮助。

不过几乎所有正确答案,都是在已经无法回头的那一刻才意识到的。

店员给他们送来冷餐的土豆浓汤。小圆边吃米饭边喝汤。后来还上了香煎马头鲷和菲力牛排,但小圆几乎碰都没碰,看到他秘密准备的生日蛋糕也没有表现出一点惊讶。一男为女儿准备的惊喜只得以失败告终。

"你想要什么生日礼物?"

一男吃着蛋糕问。

"唔……还没想好。"

小圆咬了一口画着"Happy Birthday"的巧克力片，回答道。

"不要客气哦。这点儿钱爸爸还是有的。"
"但你不是要……还债吗？"
"那是另外一回事，小圆不用担心。"
"……我没什么想要的。"
"是吗……那等你有了喜欢的东西，爸爸再给你买。"

离开餐厅，一男跟小圆并排走在路上。

休息日的大街上到处都能见到出来游玩的一家人。小男孩追在父亲身后大声欢笑，母亲抱着哭泣的婴儿轻轻摇晃。那些想必都是住在市区高级寓所里的幸福家庭。莫非只要有钱，就真的能拥有幸福的家庭吗？他看了一眼低头走在自己身边的女儿，感到眼泪涌了上来。

一男默默地走着，小圆也低着头默默地走着。周围的景色仿佛抛下了两人兀自流动。待他回过神来，他们已经来到了车站。

离别将近,他们彼此心里都明白,却不知该说什么才好。车站旁的百货大楼里有许多家庭正排队等着抽奖。只要买够三千日元的商品就能获得一次抽奖机会。抽奖地点挂着"豪华奖品"的大招牌。一等奖是夏威夷旅行。

小圆看着那个招牌,停下了脚步。

"想去夏威夷吗?"

"不想。"小圆摇着头说。

一男再次顺着小圆的目光望去,发现女儿盯着的并不是夏威夷,而是三等奖的自行车。那是一台翠绿色的自行车。

"想要新自行车?"

"……不太想。"

"我们也去抽奖吧。"

"不用了。别买没用的东西。"

他上次给小圆买自行车,应该是四年前的事情了。一男想象着坐在难以伸展的小自行车上蹬着踏板的女儿。不过是一台几万日元的自行车,女儿却舍不得让自己买。

"如果不冒犯的话,请收下吧。"

旁边突然传来一个声音。原来是一位老人看到站在抽奖现场一动不动的一男父女,心生同情。

"啊,不用了。不好意思。"一男拒绝道,"我们只是碰巧停下来看几眼。"

"别客气,反正我也抽不中。"老妇人拿出一堆安慰奖的纸巾,笑着说,"我活了八十年,从来没中过奖。"

"那我就恭敬不如从命了。"一男接过奖券。

"谢谢您。"小圆对妇人低下头。

"祝你好运!"老妇人摸摸小圆的头,转身走上了自动扶梯。

两人排在队伍末端等待抽奖。偶尔能听到清脆的铃声,宣布有人中了奖。每逢那种时刻,一男就会特别担心,生怕自行车被别人抽走了。

现在回想起来,一男也从没抽中过大奖。他跟那位老妇人一样,通常只能带着一堆纸巾回家。就算抽中了,充其量也只是一百日元的购物券。什么夏威夷旅行，高级家电，不知从什么时候起，他开始怀疑自己基本上跟那种运气是无缘的。他甚至见都没见过抽中夏威夷旅行的人。尽管如此，他还是每次都心不在焉地参加抽奖，然后带着一堆纸巾回家。那简直就像有钱人和穷人的差距。自认为只能抽中纸巾的人，一辈子也只能抽到纸巾；只有能够明确想象自己抽中夏威夷大奖的人，才能抽中夏威夷大奖。就像只有明确认定自己能变成有钱人的人，最后才会变成有钱人。

他在脑子里反复咀嚼着那个想法，不知不觉就轮到了自己。一男把奖券交给抽奖员，看着那人转动带着把手的八角形小箱子（这东西叫什么来着）。唯有在这个时刻，一男才在心里拼命默念着自行车。随后，一颗黄色小球滚了出来。

"四等奖！彩票十张！"抽奖员高呼一声，摇起了手上的铃铛。

"真对不起……没抽到自行车。"
站在分别的电车站台上，一男对女儿说。

"……没什么啦。"小圆回答,"话说,你真的以为能抽中吗?"

"是啊。我拼命在心里念叨了,不过也不可能抽中的吧……"

一男叹息一声。他的气息变成白色的水雾,消散在紫色的空中。

就在此时,小圆轻轻握住了一男的手。她的小手柔软又温暖。原以为女儿已经长大,没想到她的手还这么小,让他不禁想起以前每天牵着她的小手走在路上的情形。

一男惊讶地看着小圆。只见女儿害羞地低着头。是啊,这孩子从小就善解人意,总能猜到我的想法,我的心情,并且在我特别低落的时候,会温柔地安慰我。

一男用力握住那只小手,对小圆说:

"下次小圆见到喜欢的东西,爸爸一定给你买。"

"不用这么勉强自己啦,"小圆低着头回答,"爸爸本来就不是那种性格。"

电车缓缓停靠在站台。

"再见。"小圆说完,背着红书包一路小跑进了车厢。

就在车门缓缓关闭的那一刻,一男大叫一声:"生日快乐!"

小圆隔着车门对父亲说了声"谢谢",露出浅浅的微笑。

十天后,那件事发生了。

那天晚上,一男在冰冷昏暗的房间里,目不转睛地盯着发出蓝光的笔记本电脑。他死死盯着屏幕,长叹一声,关掉电源,钻进被窝里。小猫马克·扎克伯格已经蜷在里面睡得正香。一男闭上眼,让呼吸与扎克伯格小小的鼾声保持同步,但他睡不着。辗转反侧了一小时,一男坐了起来,重新打开电脑,死死盯住屏幕。今天他已经重复了十几遍这样的举动。

彩票中了。

三亿日元。

那九位数字在电脑屏幕上闪烁着。

一男拿起手边的彩票,对照电脑屏幕上的中奖数字。无论确认多少次,都一字不差。

一男如同咏唱咒语一般，一遍又一遍重复着"三亿日元……三亿日元……"他反复思索着那个数字，试图让心情平静下来。可是那些数字俨然是一串陌生的阿拉伯语，迟迟无法渗透脑海。

如果那位老妇人知道了，她会后悔吗？啊，我活了八十年，领了八十年的安慰奖，最后竟把那三亿日元拱手送给了别人。世上为何会有如此悲剧，她会这样想吗？不过，有人空手而归，就意味着另一个人能够中大奖。正如有了穷人，才会存在富翁。

不管怎么说，他必须先冷静下来。

一男为了寻找自己的同类，在首页的搜索栏里输入了"彩票 中奖者"，点击搜索。一声轻响过后，他猛然看到第一排文字，不由得愣住了。

彩票中奖者们的悲惨人生

里面是一片惨状。曝光、家庭破碎、失业、欺诈、失踪、死亡……一出又一出惨剧。彩票这一关键词背后，罗列着各种人间悲剧。

中得大奖后事业陷入困境,与妻子离婚,最终锒铛入狱的木匠;被亲戚朋友围追堵截找他借钱,最终人间蒸发,再次出现已是一具白骨的德国邮递员;十五岁中得头奖,其后反复进行丰胸和整容手术,最后深陷毒瘾的美国女高中生……

"正确使用金钱和赚钱同样困难。"

比尔·盖茨成为世界首富时,说过这样一句话。

仿佛为了证实那句话的真实性,网络上充斥着全世界彩票中奖者的悲剧。

"几乎所有头奖的中奖者,在十年后都回到了原来的生活水平。"

以这句近乎绝望的话作为结语的页面,浏览记录已经超过了二百万,还有五百人把这个充满不幸的网站加入了"最爱名单"。因此,一男以一种极为详尽的方式,真正理解了"他人的不幸如蜜糖"的意义。

他曾听说过,一个日本工薪阶层一辈子也只能赚三亿日元,而他却在一瞬间得到了那笔钱。一男不分昼夜地劳动,一年到头也只能赚到五百万日元。整整六十年的薪水就汇集在这一张彩票中。

这就像科幻小说的情节。整整半个世纪的人生被扭曲为一瞬。当然,这也伴随着一定的后果。无论在哪个世界,凡是遭遇时间扭曲和时光穿越的人必定会遇上灾难。

一男在脑中不断重复着那个扭曲。突破大气层,穿过月球表面,越过冥王星,冲进黑洞,回到这间狭窄的陋室。

眼前的画面突然一晃,他陷入了沉沉的梦乡。

小猫马克·扎克伯格喵喵叫着,用小爪子拉扯一男的衬衫领子。他醒了过来,看看时钟,已经过了早上七点。他得准备上班了,可是他现在的感觉实在太糟了。在这种混乱状态下,他觉得自己无法正常工作。一男做了个深呼吸,给图书馆的同事打了个电话,麻烦他替自己去上班。

挂掉电话后,一男揣着彩票走出房间。他静悄悄地摸下楼梯,走出宿舍大门,猛地跑了起来。他挥舞着双臂，迈开大步，沿着河岸一路狂奔。他感到自己的心在震颤，在躁动，在不断命令他奔跑。足底一片灼热，胸口苦闷不堪，但一男还是没有停下脚步。

一男一头撞进车站旁的银行，喘着粗气走向柜台，把自己的彩票递了过去。柜台的女员工安静地接过彩票，放进小小的方形机器中。屏幕上显示出中奖金额。一男定睛一看，液晶画面上显示着九位数字。三亿日元。无论反复看多少次，他都感觉这像一场梦。他呆滞地盯着那串数字，耳边传来女员工刻意压低的声音。"请您稍等一会儿。"只见她站了起来，匆匆走向并排坐在柜台内的一胖一瘦两名男性员工。

"恭喜您中奖了！"

进入贵宾室，瘦男人赔着笑脸给他递了一张名片，名片上印着"支行长"的头衔。紧接着胖男人也说了句"恭喜"，递上了"课长"的名片。

"是这样的，有一件事必须知会您……"支行长瞬间换上认真的表情，"由于您中的是一百万日元以上的大奖，必须按照规定进行鉴定……"

"鉴定什么？"一男问。

"我们要将您的彩票送到总行进行鉴定，结果将在一周内通知您。能请您先填写一下这份资料吗？"

支行长说完，拿出一张"高额奖券寄存同意书"。

一男默不作声地点点头，在上面签了名字，盖了章。

"此外，我们还规定要为一千万日元以上的中奖者提供这份资料。"

说完，支行长又拿出一本跟文库本书籍差不多大小的小册子交给一男。

封面上写着"从'那一天'开始"。

此外，还画着面带欣喜笑容，仰望蓝天的男女老少。这是否在暗示中奖者都是被上天选中的幸运儿呢？

他翻开封面。

　　恭喜您赢得大奖。现在的您，想必正沉浸在突然造访的幸运所带来的震惊和喜悦中吧。与此同时，由于头一次经历这种幸运，您一定还有些许不安。本书收集了律师、临床心理学家、金融理财师等专家的建议,专门为您答疑解惑。本书将按照中奖后需要逐步完成的各种事务展开介绍。

只是,这本小册子中只介绍到了十分普通的过程,并不能预料到中奖者现在及将来将会遇到的所有不安和障碍。并且,最终决定如何使用这笔奖金的,无疑将是您自己。请您参考这本小册子,平静心态,从容地面对中奖后的人生。

在这篇不知是善意还是免责声明的序文后面,还罗列着许多中奖者的心得。诸如"为了安全起见,把奖金马上存进银行。""若非绝对需要,不要把现金带回家。""稍等一会儿,冷静下来再行动。""必须意识到,中奖后的自己必定处于兴奋状态。""重新审视自己的性格和癖好吧。""记住,时间是最忠实的战友。""反省自己是否过于神经质。""兴奋之后的不安,是回到自我的必要过程。""中奖并不意味着改变自己。""把中奖当成通往幸福的一个手段。""为应付不测风云,记住留下遗书。"等,让人读来觉得这是一本哲学书籍,或自我启发的名言集。

"建议您在这段时间里先好好考虑如何使用奖金。"

支行长看准一男翻完小册子的时机,对他说道。

"恕我冒昧,许多高额中奖者往往会陷入混乱,并且很容易在混乱中浪费金钱。"

"想必是真的吧。我看过一个网站,上面说高额中奖者多数都会走向不幸的人生。"一男回答。

"虽然不能一概而论,但那也并非纯粹的谎言。有许多人还会因为生活上的剧变,最终落得负债累累,或烦恼于亲戚朋友的嫉妒和金钱的无情,甚至还会遭遇诈骗和抢劫。因此,您千万不能到处乱说。"

一旦中了头彩,就会猛地冒出一大堆亲戚朋友,这种事他经常听说。就像放在密室里的垃圾桶突然钻出来一大堆苍蝇,那种事态应该是无可避免的。不过造成这一现象的原因十分简单,无非就是中奖者与之分享喜悦的对象将这一消息传了出去。问题不在于封闭的密室,而在于那些已被丢弃的垃圾。这也就意味着,他不能把这个消息告诉任何人。

"本行建议您多花些时间,跟我们一起建立一个奖金的运用计划。"支行长一口气说完后,课长马上拿出基本宣传册,一边摆在桌上一边说。

"这些是本行的定期存款项目。根据每一位客户的需要,我们将会全力提供最专业的建议。"

一男想,自己应该乖乖听他们的话。毕竟这些都是管理金钱的专家,他们应该不会出错。

一男深吸一口气。"我知道了。首先还是把钱存起来吧。"他回答道。

从银行回去的路上,一男觉得腹中饥饿,走进了一家牛肉盖饭店。他从早上起来就粒米未进,而现在已经是傍晚了。

他坐在前台右侧第二个座位上,看着店里的菜单。再一看钱包,里面有两千八百日元。平时他都会点最便宜的猪肉饭,但今天却点了最贵的大碗牛肉饭。除此之外,还加点了味噌汤、咸菜和鸡蛋,连沙拉也没有落下。

他狼吞虎咽地吃掉那份"豪华套餐",把账结了。价钱虽然是平时的两倍,却依旧没有超过一千日元。

走出牛肉盖饭店,他想也不想就走进了斜对面的超市。牛奶应该没有了。他拿起购物篮走向卖牛奶的区域,各式各样的牛奶整整齐齐地摆在架子上。平时他都会毫不犹豫地拿起最便宜的那种,今天却没有。一男拿起白底蓝字,看起来清爽干净的牛奶盒,放进购物篮里[1]。这种牛奶他在做特价时买过几次,觉得很好喝。贵了八十日元的奢侈。然后,他又走向面包区,决定不再吃工厂配发的枕头面包,而是买了英式麦芬。这种也是一餐要贵八十日元。人造奶油换成天然黄油,香菇也不再买中国货,而买了日本货,就连香蕉也狠狠心买了台湾进口的。

"金钱是被铸造出来的自由。"

陀思妥耶夫斯基曾说过这样一句话。

---

[1] 明治牛奶,一个字,贵。

金钱或许不能买到幸福。但它至少能够买到自由,能够随心所欲的自由,不用做讨厌的事的自由。

他从没妄想过住洋楼,开豪车,也不认为那就是幸福的生活。就算背负高额债务,生活在贫困中,他也毫无酸葡萄心理,只是真的这样认为。不过,他现在有了三亿日元。直到此时一男才发现,自己得到了自由。这种自由让他可以买最好喝而不是最便宜的牛奶,可以吃最想吃而不是最便宜的面包。

与此同时,他也感到惊愕。原来所谓的自由不过如此?陀思妥耶夫斯基所说的金钱给予的自由,对一男来说就只是牛奶和面包而已。一男看着超市里数不尽的商品,呆立了许久。

一回到家,扎克伯格就喵喵叫着跑到一男脚边。

一男把猫粮和刚买回来的"好喝"的牛奶各自装进盘子里,打开电脑,在搜索栏里输入"巨款 使用方法",点击搜索。

"如果得到一笔巨款""有钱人的理财方式""如

何把钱用得更好玩"一串串文字出现在屏幕上。一男的目光停在其中一行。

亿男们的格言

那是一个以此命名的论坛。当中如同大喜利[1]一般展示着亿万富翁和伟人们关于金钱的名言。

"只要一点东西都不买,我手上的钱完全够用一辈子。""金钱既是良好的仆役,同时也是恶毒的主子。""对我人生影响最大的印刷物,就是银行存折。""金钱就像肥料,撒出去能派上用场,堆起来只能散发出恶臭。""年轻时,我曾以为金钱是人生中最重要的东西。上了年纪之后我发现,那一点儿没错。"

看着那些"亿男"的话,一男想道:尽管有这么多"名言警句",还放在网络上让大家共享,绝大多数人

---

[1] 相声、落语、评书等表演舞台的一种余兴节目,由观众给出题目,台上演员进行即兴表演。

还是没办法变成有钱人。他们无法理解那些话的真正意义，只能碌碌无为地活着，就像那个在图书馆寻找"变成有钱人的书"的青年。

一男跟昨天相比毫无变化。令他感到讽刺的是，只有在得到那三亿日元后，他才真正理解了那些话的真实意义，才真正感觉到自己也成了"亿男"的一员。

然后，一男在"亿男们的格言"中找到了默阿弥[1]的话。

"判官也对钱开眼。"[2]

他忍不住露出苦笑。假设默阿弥说得没错，那他说不定能把妻子和女儿劝回来。因为金钱而失去的幸福，或许能用金钱再次买回来。

一男拿起手机，搜索妻子的号码。"我中彩票了！三亿日元！债务马上就能还清了，还能买个大房子，还有车，甚至能出国旅游。总之我们一家人先去法式餐厅

---

[1] 日本幕末时期的歌舞伎狂言作家。
[2] 原文为"地獄の沙汰も金次第"，意为"就算是地府审判，也能用钱买通"。

吃顿饭吧。寿司或者烤肉也行。大家一起来庆祝吧！"他很想一口气对妻子说出那些话。可是，他最终没能按下拨号键。毕竟横亘在他们面前的是整整两年的鸿沟。要填补那个空白，必须先整理好自己的心情和言语，再冷静地通知妻子。一男把手机放回桌上，重新看向电脑屏幕。紧接着，他的目光停留在了页面最下方的一句话。

人生所需要的，无非就是勇气和想象力，还有这么一点儿钱啊。

——查理·卓别林

一男想起来了。他想到了告诉他这句话的那个男人。

那是他第一个，也是最后一个挚友。无论是过去还是将来，能够称为挚友的都只有他一个人。一男心想，若要找人商量，就只能是他了。

其实，一男可能很早就得出了这个答案，只是他心中一直在踌躇。现在，被卓别林的这句话激起了勇气，一男终于拨通了那个久违的号码。

这是十五年来,他头一次拨打这个号码。

九十九的钱

"寿限无寿限无……五劫之损……"[1]

一个头发蓬乱的男人坐在大学教室临时搭起的小舞台上,自言自语地喃喃着。他弓着腰,低着头,一看就知道没什么自信。

"海中砂水鱼虾无数,水无尽,云无尽,风无尽……食住寝起之所无尽……"

一男目不转睛地盯着那个头发蓬乱的男生。只见他穿着黑西装,系着灰领带,应该跟自己一样是刚入学的新生——被穿着和服的前辈不由分说地拉到这间教室里表演落语的新生。这幅光景真是不可思议,但他却不由自主地被那个人的身影吸引了。

"紫金牛果子挂满枝,派坡派坡,派坡的秀琳冈,秀琳冈的格林黛……"[2]

---

[1] 是一个日本传统笑话。父母为了让孩子长寿健康,想起一个吉利的名字,无奈吉利的词汇太多,无从选择,干脆全都用上了。那孩子被邻居家孩子欺负,头上肿了个包,回到家向父亲告状,在对话中反复了许多次冗长的名字,最后事情说清楚了,头上的包也消肿了。文中"寿限无……"等文字,都是孩子名字的一部分。

[2] 此句中说的是一个架空的国家派坡,类似唐朝,其国王和家人都很长寿。

头发蓬乱的男人语速渐渐变快。他的腰越挺越直，就像纠结的毛线渐渐被理顺一样，语句也渐渐明晰起来。一男被他牢牢吸引了。

"格林黛的彭坡比的彭坡柯那的长寿长助君，一起上学吧？"

教室里响起一阵笑声（教室里坐着身穿和服的男人和身穿西装的新生，数量各占一半）。头发蓬乱的男人等笑声平息下来，又朗声道：

"呀，阿金，你来找我家孩子啊。不过我们家寿限无寿限无五劫之损，海中砂水鱼虾无数，水无尽，云无尽，风无尽，食住寝起之所无尽，紫金牛果子挂满枝，派坡派坡，派坡的秀琳冈，秀琳冈的格林黛格林黛的彭坡比的彭坡柯那的长寿长助啊，还在睡觉呢。我这就去叫醒他，你稍等一会儿。快起床啦寿限无寿限无……"

观众席的笑声越来越响。头发蓬乱的男人平静地面对那些笑声，像唱歌一样淡定地表演完毕。说到最后的高潮段落时，教室里穿着和服的男人们不约而同地爆发出热烈的掌声。一男和周围的新生也不由自主地鼓起掌来。

　　头发蓬乱的男生从舞台上走下来，瞬间又变回了弯腰低头的姿态，面对周围穿着和服男人对他发出的"太厉害了""你马上就能成为主力"的褒奖，他也只是用几乎听不见的声音小声应答。

　　那个男生当场就半是强迫地被要求写下了入会申请书。一男瞅准他被和服男人释放的时机，跟他打了个招呼。那是他头一次主动对陌生人说话，想必是因为太兴奋了。看到跟自己一样内向寡言的人，竟然能在众人面前发挥如此完美的技艺，他实在是太感动了。

　　"你的落语好厉害呀！虽然我是头一次听落语，嗯，太有意思了。"

　　"谢、谢谢你。"

　　头发蓬乱的男生保持着弓腰低头的姿势，只抬起眼睛看了一男一眼。那个眼神就像躲在停车场车底盘下的黑猫，给人一种"我正在判断你这个人是否可信"的感觉。

　　"一、一男君……对吧？你也要加入落、落语研究会吗？"

"啊？唔……本来没这个打算。我只是被硬拽到这里来的，以前根本没接触过落语，更加没勇气当着这么多人说话。"

"也、也对啊……"

"不过你真的很棒。而且很有意思，就算我完全不了解落语，也觉得你太厉害了。"

"谢谢。不、不过，那只是死记硬背而已。"

"死记硬背？"

"把名、名人的录音带全都背下来。包括即兴表演，全、全部。"

"原来那样就行了？"

"嗯。与其自己做蹩脚的表演，还不如把大师的表演全都死记硬背下来。特别是我这种性格的人。"

"嗯……真的吗？"

"真的呀。'学习'[1]的语、语源就是'模仿'[2]嘛。

---

1 原文"まなぶ"。
2 原文"まねる"。

无论做什么事,首先都要从模仿开始。"

"唔……你这人真有意思。能告诉我你叫什么吗?"

"我叫九、九十九。"

"九十九?"

"嗯。写成数字的九十九,读作'tsukumo'。"

"原来是这样。请多关照,九十九。"

"彼、彼此彼此,一男君。"

于是,一男也在现场递交了落语研究会的入会申请书,跟九十九一起加入了那个社团。那已经是将近二十年前的事情了。

一男学的是文学专业,九十九是理工专业。

一男平时连课也不听,总是跑到社团活动室打发时间,到了傍晚便和认真上完课过来的九十九会合。随后两个人会一起看落语的录像带,直到天黑,再到大学附近那家装修得像咖啡店的居酒屋喝点儿小酒,一起回去。那四年间,他们几乎每天都过着这样的日子。

九十九没有辜负学长们的期待,成了一名十分活跃的学生落语艺人,到大二时已经成了整个落语研究会博得笑声最多的成员。一男也进行过几次挑战,但始终没办法说好,几乎一直待在观众席上。不过他也时不时会被九十九带去看表演,期间对落语是彻底着了迷。

两个人每周都会去看表演。从古典落语到新式落语,无论是新人还是资深落语家,总之只要是喜欢的节目,他们都没有放过。一男喜欢简洁明了,容易引人发笑的表演,九十九则喜欢大笑之后让人心生惆怅的人情故事。因为九十九说自己研究过上方落语,两人还坐上夜行大巴(他们都很穷),去大阪看过落语表演。九十九翻来覆去地听著名落语家的磁带,翻来覆去地看录像,利用模仿来完善自己的演技。

在毕业公演上,一男表演了从九十九那学来的《寿限无》,九十九则用精彩的《芝浜》赢得了满场喝彩。最后一天表演,学弟学妹们分头宣传,让充当舞台的教室里挤满了一百多个观众。九十九那天表演的《芝浜》可谓集四年之大成,让观众尽情欢笑,最后又感动得落下泪来。

为了散漫的老公演了一场好戏的妻子最后的自白场面让许多观众都落了泪。"这如果又是梦一场可如何是好。"九十九说完最后一句台词，低下头去，全场立刻爆发出发自内心的热烈掌声。

四年间，一男和九十九几乎天天都在一起。他们并没有什么共同努力的目标，也没有什么彼此都热衷的话题，可一男和九十九还是腻在一起。现在回想起来，正是那种毫无目的且毫无缘由，却能一直在一起的人，才能称为挚友。对一男来说，九十九就是他第一个，也是最后一个挚友。对九十九来说，想必也是如此。

"一男和九十九加起来就是一百。你们两个只有在一起才是百分之百啊。"他们经常被落语研究会的成员这样调侃。

每逢那种时刻，一男就会笑着回答："确实，跟九十九比起来，我只是百分之一。"九十九无论是落语的技艺还是学习成绩都是一流的。他的编程才能在理工专业里首屈一指，教授们也经常称赞他，说他是企业最抢手的人才。尽管总是在一起，九十九却在所有方面都比一男要优秀得多。

"没、没有一,就没有一、一百啊。"每次遭到调侃,九十九都会把一男推上前,满脸认真地说,"要是只有我一个人,连票、票都取不了,还会迷路,根本到不了会场。那可是在大阪啊,我一个人绝对去不了的,就算在活动室里,我一个人也肯定待不下去。我、我们就是要在一起才能变成百分之百,才能完美啊。"他一脸认真地说。

"我知道了。大家只是在开玩笑,你这么认真也没用啊。你这个人就是太认真了。"一男笑着回答。

两人毫无保留地信赖着对方。就像表演空中飞人的杂技演员,一男和九十九之间曾经存在着坚不可摧的相互信赖。确实,在那段时间里,一男和九十九只有在一起才能凑足一百。

一男在市中心的地铁站下了车,穿过石板铺就的长长的地下通道,随后又乘坐长长的手扶梯来到地面,眼前出现一座仿佛巨树般直刺天空的蓝绿色巨型摩天大楼。

昨天,九十九接到了一男的电话(所幸的是他没有换号码)。电话铃响了大约五次,紧接着就听到了九十九的声音。他的声音很平淡。可能因为自己一个人待在房间里,周围异常安静。尽管两人十五年都没通过电话,一男却没有对他说"好久没联系了""你还好吧"这样的客套话,而是告诉他"我有事找你商量",九十九也直接回答"那、那你到我家来吧",随后留下地址,挂掉了电话。

于是今天,一男便照着九十九留下的地址,来到了这座摩天大楼前。那座大楼经常在电影和电视中登场,传说一层的月租金就要五千万还是六千万日元。要是住在这个地方,一男那三亿日元只消半年就得花光。原来世界上还真的存在这样使用三亿日元的方法。九十九和自己之间竟产生了如此大的落差,这让一男不禁感到愕然,但他还是走向了大楼入口。

外资证券公司和电脑公司、专门服务法人的律师事务所和不动产投资公司、生物创投公司和美容院、游戏公司，甚至培训学校，各种领域的办公室都集中在这座大楼里，这里所有的公司都在上交每月数千万日元的租金。这座大楼仿佛在证明，赚钱的方法除了金融和IT以外还有很多很多，只是他不知道而已。并且，在这座集中着各种办公室的大楼里，竟然有九十九的家，一男感到有些混乱，但还是走进了电梯。

毕业后，落语研究会的成员偶尔还是会约到一起聚一聚。

一男几乎每次都会出席，但九十九却从未来过。当他被问到九十九的近况时，一男都会回答"毕业后我就没跟九十九联系过"，于是他们也察觉到一男和九十九之间可能发生了什么事，从此便再没过问。

毕业十年后，难得来参加一次聚会的学长说起了九十九的事。那位学长在一家大型广告代理公司工作一段时间后，自己独立出来开了一家创投公司，主要进行手机应用软件的开发，还获得了很大的成功。据说他因为一次偶然的机会，在青年创业者交流会上见到了九十九。

"九十九过得怎么样?"

一男想也没想就问道。

"他已经是个大富翁了。"学长笑着说,"他好像开了一家SNS系统的网络创投公司,正好赶上了时代潮流。现在的总资产貌似已经超过一千亿日元了。"

"那可真是大富豪了。"

"是啊。但那家伙一点儿都没变,还是坐立不安,弓腰弯背的。"

"九十九果然是九十九啊。"一男笑了。但学长并没有笑。

"……也不能那么说啊。那家伙可能真的变了。"

"为什么呢?"

"九十九当时好像很无聊,甚至还有点烦躁。那家伙身边都是些开朗健谈的陌生人,大家都在嬉笑玩闹,可他在人群的中心里,却一言不发地低着头,不跟任何人交换目光,也几乎从不说话,反正看起来好像很无聊。尽管他应该很有钱……咦?话说你不是他的好朋友吗?"

"呃……我们已经疏远了。"

"是吗?唉,不过大学时代的好朋友也就那样了吧。可是那段时间九十九跟你在一起,真的好像一直都很开心。"

"真的?他那段时间不也是低着头不敢大声说话嘛,连目光都难得能对上。"

"可能是吧。不过很多时候就算外表差不多,心情还是截然不同的。他毕竟是个人啊。"

"真有那种事吗?"

"就是这么回事。总之,大学时代的九十九看起来很开心。你真是个笨蛋。"

"啊?我是笨蛋?"

"对,你是笨蛋。一直跟他在一起,难道连那种事都看不出来吗?"

学长说完,笑着干掉了一杯啤酒。随后他一手拿着喝空的杯子,叫喊着"好久不见!我要啤酒!啤酒!",摇摇晃晃地走向了聚集在餐桌旁的同伴们。

摩天大楼的电梯朝着高层一路上升。

一男透过玻璃看着仿佛变成模型玩具般的东京街景，突然回忆起那段早已淡忘的对话。"你真是个笨蛋"，学长的声音在脑海中复苏，那句话仿佛跳出了对话的环境，在一男心里来回打转。

来到一个特别高的楼层后，电梯停了下来。一男走出电梯，沿着昏暗的走廊来到右侧尽头，拿起最深处那扇门旁边的对讲机。信号音响了几下，他没有得到应答就听到"咔嚓"一声，紧接着又传来"嗡"的一声，门锁打开了。

一男缓缓打开门，九十九就在门后。

没有涂装的水泥裸露在外，空无一物的辽阔空间。九十九坐在中央的地板上，盯着手提电脑，喝着可乐，吃着方便面。房间里光线昏暗，只有九十九身边的一块地方被落地灯照亮了。

本来透过房间的大窗应该能俯瞰东京的街景，可是那扇窗前整整齐齐地堆满了方便面和可乐，像一扇巨大的高墙般遮蔽了日光。那副光景仿佛安迪·沃霍尔的流行艺术。

"欢、欢迎啊,一男君。"

九十九对茫然呆立着的一男打了声招呼。他的声音,他的身影,还有黑猫一般的双目。十五年没变的九十九就在那里。一男回忆起坐在落语研究会小小的活动室中的九十九,那时的他也总是用泡面和可乐填饱肚子。仿佛一切都发生了改变,又仿佛一切都与从前一样。

"好久不见了,九十九。你一点都没变啊。"

"呃,嗯。"

"你不是很有钱嘛,怎么不吃点好的。"

"因为我不想因为食物而烦、烦恼啊。那样太累了,不想思考。"

"而且还在这样的办公室里一个人住?"

"原本大家都在这里工作,现在解散了,就剩我一个。因为搬家太麻烦,就住、住下来了。"

"……衣服也是一身黑啊。"

"是啊。同样的衣服我买了足够一年穿的,在、在网上买的,所以没关系。穿完就扔掉,没了就再买。"

"不过话说回来,你居然住在这里,看来真是个超级富豪啊。你还记得卓别林的那句话吗?是你告诉我的。"

"人生所需要的,无非就是勇气和想象力,还有这么一点儿钱啊。"

"没错。不过你这已经不叫'这么一点儿'了吧。到底有多少啊?"

一男笑着问了一句,只见九十九边敲键盘边回答。

"现在这个时间,应该有一百五十七亿六千七百五十二万九千四百六十八日元。"

一男害怕了。他并不是听到那个数字感到害怕,而是目前为止还让他觉得跟大学时毫无变化的九十九,一说到钱的话题,马上就像换了个人似的语速飞快而且吐字明晰。

过去,九十九只有在表演落语的时候会变成不同的人格。平时连话都说不利索的他,只要一登上舞台,就会像突然换上了另一个人格一样变得口齿伶俐。为此,同伴们经常揶揄他是"化身博士",可他本人却总会疑惑，"不明白他们为什么会这么说自己"。一男心想，那一定是因为他在模仿。因为他每天都反反复复地听落语大家的磁带，让自己的想法与他们同步，看法也跟他们同步。"学习就是模仿"，九十九一直在重复那句话。渐渐地，他一旦踏上舞台，便能摇身一变成为"落语家"。而这个瞬间，同样的事情再次发生了。

想必九十九在毕业后也一直模仿着有钱人的想法，模仿着有钱人的行动，从而得到了庞大的财产吧。不知何时，他就变成唯独对金钱了如指掌的人了。可以说，他就像当初变成"落语家"一样，变成了一个"有钱人"。可是与此同时，这也意味着九十九身上发生了决定性的转变。九十九的姿态和声音，一切都毫无改变，却变成了一个完全不同的人。

十五年前，一男和九十九的关系突然中断了。

毕业前的旅行，二人到了摩洛哥的古都马拉喀什。那里发生了"一件事"，让九十九做出了关于金钱的决定性的人生选择。随后这十五年间，一男都没有再跟九十九见面。不仅没有见面,连电话和邮件都没有任何来往。二人的关系已经彻底结束了。

"我要去寻找金钱和幸福的答案。"

那天,在那广阔的沙漠中,看着让人不禁落泪的美丽朝阳,九十九说了这样一句话。

当时,九十九做出了远离一男,前往另一个全然不同的世界的决定。

一男在这十五年间,一直将九十九那天的话收藏在内心最深处。

"九十九……你找到金钱的真相了吗?"

九十九绷紧了表情。片刻的沉默后,一男继续道:

"你能告诉我金钱和幸福的答案吗?"

"你怎么突、突然问这个啊,一男君?"

"……我欠了三千万日元的外债。弟弟失踪了。那是弟弟留下来的债务,我打算就算花上好几十年也要工作还清,可现在已经没有那个必要了。"

"为、为什么?"

"我中了彩票,现在有三亿日元。这对你来说可能不算什么,但对我来说却是一笔无法想象的巨款。可是,我实在不知道自己该怎么办。我在网上查到,很多人都因为这样得来的钱陷入了不幸,银行也警告了我好多次。他们都在吓唬我,说金钱会招致不幸。可我却一下得到了这么多钱,现在我的脑子实在太混乱了。"

九十九默不作声地看着一男,用那双黑猫似的眼睛。一男也凝视着那双眼。

"所以,请你告诉我如何使用金钱,以及更深层的问题,金钱和幸福的答案。"

"……我知道了。你、你先坐下吧,一男君。"

一男与九十九面对面坐在地板上。没有任何铺装的水泥地板透出一丝冰凉,让一男更加不安了。

"你喜、喜欢钱吗?"

"当然喜欢啊!哪有人会讨厌金钱。"

"那你想变成有钱人吗?"

"要是说我不想,那肯定是撒谎。"

"那我问你,你知道一万日元钞票的尺寸吗?"

面对突如其来的提问，一男愣住了。脑中的福泽谕吉在上下翻飞。他想了一会儿，却没有答案。

"抱歉，九十九，我不知道。"

"宽七十六毫米，长一百六十毫米啊。"九十九说完，又继续问道，"你知道它的重量吗？"

"……不知道。"

"一克啊。顺带一提，一日元硬币也是一克。也就是说，一万日元的钞票跟一日元的硬币其实是一样重的。"

九十九的话语越来越清晰，语速也越来越快。就像缠成一团的毛线瞬间解开，就像那天的《寿限无》。

"此外，五千日元钞票宽七十六毫米，长一百五十六毫米。一千日元钞票宽七十六毫米，长一百五十毫米。五百日元硬币重七克，一百日元硬币重四点八克，五十日元重四克，十日元重四点五克，还有五日元重三点七五克。"

"九十九……你好厉害啊。"

"一点都不厉害，这些查一查就知道了。就算不查，只要用尺子量一下尺寸，再用秤测一下重量，五分钟就能弄清楚。一男君，有句话我要现在对你说清楚。说白了，你根本不喜欢金钱。因为你记得自己的体重，家人喜欢的食物和喜欢的女性的生日，却对每天都要接触到的金钱的尺寸和重量毫不关心。如果你真的有兴趣，应该会很想知道关于金钱的一切，会想知道它是用什么颜色印刷的，上面画着怎么样的花纹。可是你却从来没有看过那些资料，也没有兴趣了解。换句话说，你对金钱根本没有兴趣。"

一点没错。自己对金钱这种东西本身没有任何了解的欲望。这种事却从来没有任何人告诉过他，无论是父母还是学校。

九十九继续说道：

"相反，你一直都把金钱视为恶人。一旦有了钱就会不幸，世界上存在着用金钱无法买到的幸福。你一直用这种借口来畏惧金钱，逃避金钱，所以你对金钱的大小和重量一无所知。如果你不喜欢一样东西，人家也不会主动跑到你手上来。你之所以没有变成有钱人，并非因为缺乏才能，也不是因为缺乏运气，而是没有做任何变成有钱人理所当然不得不做的事情。"

一口气说完之后，九十九可能因为过于兴奋而长叹一声，仰头喝了几大口可乐，又吃了几口方便面，然后才继续道：

"一男君啊，你应该知道福泽谕吉的'天不会造就人上人，也不会造就人下人'吧？"

"知道，《劝学篇》吧。"

"你肯定以为那是在说'所有人都是平等的'，对吧？"

"嗯，难道不是吗？"

"不是。"

"不是？"

"你知道后面的话吗？"说完，九十九一口气背诵了出来。"而今纵观人世，有贤人，有愚者，有贫贱，有富足，有贵人，有下仆，云泥之别因何而生？原因显而易见。《实语教》有云：'人不学则无智，无智则为愚者。'如此可知，贤人愚人之别，皆在于学与不学。"

"……九十九,那是什么意思?"

"说白了就是'身份的贵贱高下并非与生俱来,而在于学问的有无'。所以我把金钱从头到尾研究了一遍,为了不让金钱左右而赚取金钱。跟落语一样啊。明明对金钱一无所知,却想变成有钱人,一万日元钞票上的人首先就不答应。"

"我明白了。我实在太不了解金钱了。那我今后到底该怎么办……我那三亿日元,到底该怎么处理?"

一男问完之后,九十九凝视着他,这样说道:

"……你查过了吗?"

"中奖者的人生吗?查过了,全都是悲惨的人生。所以我才不知所措,跑来找你了。"

九十九长叹一声。

"不对。"

"不对?"

"你果然对金钱一无所知,对彩票也一无所知。在网上找到的那些肤浅的信息,就是你所知的全部,简直胡扯。首先,你知道每年有多少人能中一亿日元以上的彩票吗?"

一男想了一会儿。可是他根本无从想象,只好一言不发。

"别以为自己有多特别,每年都有五百个人中一亿日元以上的彩票。这样算下来,这十年就超过五千人。到处都是像你这样的人。为什么你会认为自己身上发生了特殊的事情呢?网上那些不幸的故事,绝大部分都是没中奖的人出于嫉妒而挑选出来的。无非就是他们特别挑选了一部分比较悲惨的例子,然后添油加醋地大肆宣扬罢了。我再说一遍,一男君。这十年就有超过五千人中过大奖,你一点都不特别。"

跟自己一样的高额中奖者每年都有五百人。想必其中一部分人跟一男一样,在网上看到了那些惨剧,并陷入了自己即将成为那些惨剧的主人公的恐惧当中吧。可是反过来讲,剩下的大部分人都十分冷静地领取了以亿元为单位的奖金,依旧过着毫无变化(或稍微富足了一些)的生活。

"一男君,那些只要稍微查找一下就能明白的规则,你却没有任何查找的意欲。在金钱的世界，只要明白这些规则就能变得富足，不明白规则的人就会变得贫穷。就像扑克和国际象棋一样，其中存在的，只有对所有人都平等的规则而已。理解规则，不断学习直到能够战胜对手，先思考后行动，只需如此就能分出胜负。无论是扑克还是国际象棋，能赢的人就会一直赢下去，赢不了的人就永远赢不了，都是一样的道理。"

规则对所有人都是平等的。
一男心中不断重复着这句话。

其中并不存在特殊的规则。正因为如此，真正的有钱人即使一度失去财富，还能再次将其夺回。因为他们都明白"金钱的规则"。正因为规则对所有人都是平等的，即便损失惨重，"知道获胜方法"的人永远都能得到挽回的机会。

"差不多该回答你的问题了吧。"九十九对目光呆滞的一男说，"你知道国外那些有钱人是怎么说日本人的吗？"

"怎么说？"

"日本人只有死的时候是最富裕的。好不容易得到了三亿日元,还没见到现金就死,简直太扯淡了。我大概能猜到银行对你说了什么,不过我认为,你应该马上把它全额兑换成现金。如果要我选择是让三亿日元变成数字显示在存折上,见都见不上一眼就走完整个人生,还是实际看到三亿日元现金,实际去触碰的人生,我绝对推荐后者。"

第二天,一男像往常一样到图书馆上班,晚上则在面包工厂与面包材料搏斗。清晨回到宿舍,给马克·扎克伯格喂猫粮,看看电视,小睡一觉,又到图书馆上班去了。九十九教给一男这个世界的规则。学到那个规则后,一男得以在平静的心情中度过每一天。同时也觉得,自己能够正视即将到手的那三亿日元。这样一来,在图书馆上班,与面包材料搏斗,给小猫喂食,这一切都转变为了"生存"的实感。

到图书馆上班,与面包材料搏斗,给小猫喂食。这样的日子重复了五次,到了周五,银行给他打来了电话。

彩票的鉴定工作已经结束，把奖金汇入账户的手续也已经完成。

那天，一男提前从图书馆下了班，到最近的杂货店里买了最便宜的塑料旅行袋，径直前往银行。随后，他取出三亿日元现金，塞进旅行袋里，带回了面包工厂旁边的宿舍房间。

他难以忘却听到自己说"我全都取出来"时，支行长和课长脸上的表情。"我很担心您。""先冷静下来好好想想吧。"他们的语气虽然异常冷静而有礼，但二人明显都陷入了慌乱。看着他们的样子，一男不禁感到不安，自己是不是犯了个极大的错误。虽说如此，如今已经无法挽回，他只能目不转睛地凝视着塞在旅行袋里的三亿日元。

那天晚上，一男无法入睡。他迟迟无法将睡在这间陋室里的自己跟那三亿日元现金联系在一起。一旦有人冲破那扇薄薄的木板门和破旧的玻璃窗，一切就都完了。一男动用了自己全部的想象力，展开自己被邻居和强盗夺去那三亿日元的妄想。每结束一个妄想，一男就要从壁橱里取出那个旅行袋，将三百捆百万日元的钞票摆放在地板上，呆呆地看上一会儿，或是坐在上面，躺在上面，偶尔还会跟福泽谕吉说说话，就这样度过了那个夜晚。

期间只有马克·扎克伯格一如既往地缩在房间一角的棉被里呼呼大睡。那也难怪，一男想。对猫来说，地上这一堆东西跟纸屑没什么区别，既不是猫粮也不是牛奶。它当然没什么好兴奋，也没什么好紧张的。扎克伯格偶尔会醒过来，对一男喵喵叫几声，仿佛在说："别管那堆废纸了，给我安静点儿好吗，我好困。"

第二天是周六。一男带着装了三亿日元的旅行袋前往九十九居住的摩天大楼。一张万元钞票重量是一克，三万张就是三十公斤。尽管他一想到这是"三亿日元现金"就会惶恐不安，可一旦把它当成"三十公斤的行李"就轻松了许多。

"真、真是绝景啊。"

九十九打开旅行袋后说了一声，随后抽出了五捆百万日元的钞票。他撕开纸带说了句"一、一万日元的大雨",紧接着便把钞票抛向了天空。那个只在旧影片中见过的场景,如今就出现在一男眼前。五百个福泽谕吉在空中翩翩飞舞,飘落在地板上。九十九拉住慌忙要去捡钞票的一男,很快打了好几个电话。

总店在银座的高级寿司店的职员、附送调酒师服务的香槟(香槟比调酒师还贵)、陪酒女郎、模特、平面杂志偶像一个接一个地被叫过来。著名歌手和相扑力士、DJ和人妖艺人,甚至歌舞伎演员都来了。两个小时后,他们开始了有如绘画作品里描绘的狂欢。

著名歌手迎合着DJ的节奏,有模有样地演唱起某个电影主题曲的甜美民谣。相扑力士往模特的长靴里装满香槟一饮而尽,身穿泳衣的平面杂志偶像则走进寿司台,握起了饭团一样的寿司。歌舞伎演员抓起那个饭团寿司一把塞进调酒师口中,陪酒女郎们看着那个光景放声大笑起来。

九十九远远地看着这场狂欢,抓起黄金标签上印着黑星的香槟酒瓶,兑上可乐喝了起来。格格不入的一男也坐在九十九身边,小口啜着香槟。

"喂，我说，你怎么还住在这里啊？"人妖艺人走过来问九十九，"你不觉得吗，这座大楼已经不怎么流行了。"

"因为好找啊。"九十九喝着香槟可乐，口齿伶俐地说，"好找是非常重要的。因为大家都知道这个地方，所以没必要一一说明。实际上你们几个都没有迷路不是？所以我才住在这里。香槟就要喝这种'黑星'，买车就要买上面有匹马的红车。最重要的就是简单明了啊。"

大学时期，九十九在谈论落语时总是会说："好懂的东西和好东西并不一样。"现在的九十九心中一定也存在着那样的信念。一男又想，现在的九十九只是"不想思考"而已。他对住处，食物和服装都没有兴趣，也不讲究，所以才会选择"好懂的"。总之，除了金钱以外，他对所有事物都放弃了思考。

"你好不讲究哦。"

人妖艺人可能是喝醉了，只见他咔咔笑着拍起手来。

九十九朗声反驳道。

"那不叫不讲究。人类只为信用支付金钱,而为了得到信用,最为必要的正是众所周知的'好懂'。你知道'Credit card'的'Credit'是什么意思吗?最好马上去查查字典,就是信用啊。那不是花钱的卡,是花信用的卡。金钱的实体其实就是信用啊。"

人类的欲望和快乐瞬间就会吞噬一个人。就算持有基本的理性和常识,也会迅速被排除。

在摩天大楼的高层楼里,吃着昂贵的寿司,喝着昂贵的酒,周围美女环绕,在福泽谕吉铺成的地毯上大肆喧闹,一男渐渐感觉自己变成了金钱。他突然觉得站在面包工厂传送带前的自己跟现在的自己重合在了一起。在与面包材料搏斗时,自己和面包的界限变得越来越模糊。而现在,到底自己是钱,还是钱是自己,他也已经分不清了。尽管他并不认为有生以来头一次喝到的"黑星"味道有多好,但酒精让一男的胆子越来越大。待他回过神来,已经在给妻子打电话了。

妻子在电话另一端说着什么。"怎么了?""你在干什么？""都这么晚了。""你到底在想什么啊。"他只能捕捉到那些责备话语的碎片，完全不知道妻子在说什么。一男突然大喊起来，仿佛要盖过妻子的话。

"万佐子啊，我有钱了！"一男继续放大音量，"啊？是真的！我每天都像蚂蚁一样工作。老天都在看啊，所以那些钱完全没问题。好了快叫小圆接电话！她睡了？把她叫醒！啊？知道了，知道啦。那你帮我告诉她，无论是自行车还是什么我都买给她，多贵的都买。想要什么就给她买什么，也不用担心学费了，想上私立就去上。对了，还有债务，我马上就还清。我马上就给他还清！"

有人打碎了灯泡，房间陷入一片黑暗。

泡面和可乐筑城的高墙被破坏，东京的夜景如同海啸般从那个大洞中拥了进来。在这分不清到底是天堂还是地狱的光景中，一男的意识一会儿被酒精彻底侵蚀，一会儿又清醒过来。在窗外闪烁的城市灯光中，地面上散落的高级寿司残骸和破碎的香槟酒瓶都泛着淡淡的光芒。一只红色的高跟鞋孤零零地躺在角落里,旁边还掉落着金色假发,甚至还有被脱下的泳衣。地上的一万元钞票被践踏得皱成一团,男男女女伴随着重低音的节奏赤裸着疯狂起舞。

一男环视房间,发现一个男人坐在屋子一角独自眺望夜色,那是九十九。他的侧脸看起来无比寂寥,一男摇摇晃晃地走过去,叫了他一声。

"原来你一直在过着这样的生活啊……"

"一直在过。不、不过已经厌倦了。"

"用钱能做的事情你差不多都做过了吧。"

"我、我一直都在模、模仿有钱人的行动,并且从中学习。"

"那你搞清楚金钱的真相了吗?金钱和幸福的答案呢?"

"好、好像还差一点。每次我觉得自己快要明白了,那、那个答案就会从指缝间溜走。可是……"

"可是?"

"我还是明、明白了一件事。人类无法靠自身意志掌握的事有三、三个。"

"是什么?"

"死亡、爱情和金钱。"

"是吗……"

"不、不过只有金钱不一样。"

"什么意思?"

"总、总之只有金钱不一样……原因下次再告诉你。"

一男看向窗外,崩塌的墙体裂缝中露出远处的金色铁塔。看着那座在夜空中闪耀着光芒的铁塔,一男觉得这一切仿若梦境,便躺在地上阖起了双眼。陷入沉睡时,他仿佛听到九十九的话在耳边萦绕。

"一男君。那座塔啊……你不觉得从远处看才更美吗?"

第二天清晨,一男在炫目的朝阳中苏醒过来。

房间已经收拾干净,恢复了他第一次造访时的样子。但唯有一个细节跟原来不一样。

九十九不见了。

这一切可能真的是梦,但那绝不可能。九十九可能只是去买咖啡了。一男安慰着自己,决定在房间里等他一会儿。

十分钟。他静静地等了十分钟,九十九还是没回来。二十分钟。他给九十九打电话,却被转到了语音留言箱。三十分钟。九十九还是没回来。四十分钟。他有种不好的预感。五十分钟。一男猛然察觉了一件事,开始在房间里来回转悠。

一小时。

一男呆立在空荡荡的房间里,面色惨白。他的呼吸越来越急促,心脏跳动的声音仿佛撞击着鼓膜。他感到胃部翻江倒海,紧接着便是一阵恶心。一男趴在水泥地面上呕吐起来。胃里也是空荡荡的,液态呕吐物在地板上弥漫开来。

祸不单行。

那装着三亿日元的旅行袋,也跟九十九一起消失了。

十和子的爱

两个男人抢劫银行成功，带着巨款逃进了雪山。

他们试图翻过雪山，逃离国境。可是途中遭遇了暴风雪。眼前是一片能见度为零的大雪，两个男人感到这场风雪会危及生命，便躲进一个山洞里。但还是很冷，两人的体温渐渐下降。他们打开提包。记事本、书籍、地图，全都被他们一点点烧掉了，可是火越来越小。他们烧掉鞋子，烧掉衣服，最终什么也没剩下。除了一样东西，那就是他们抢来的钱。两个男人浑身赤裸地看着那堆钱，目不转睛地看着那堆钱，随后大喊一声"把钱烧了我情愿去死"。最后，两个人紧紧挨着彼此，就这样冻死了。

他曾在一本书中读到过这个笑话。

在金钱的世界中，充斥着无数个类似的笑话。从金钱诞生之日起，直至今日，这种东西一直都在挑战人类的理性和良心。

"在有钱人明白该如何使用金钱之前，都不能夸奖那个人。"

苏格拉底曾经说过这样的话。他一点没错。

金钱会考验人性。许多人都落败了。

一男也绝非例外。

九十九带着三亿日元消失了。

一男呆滞地站在空旷的房间里。从高空俯瞰街道,所有物体仿佛都被放入了西洋镜,失去了远近感。要他接受这个事实,可能还要再花些时间。在面对过于震撼的事态时,人并不会高喊惊跳,只会僵在原地。

经过毫无现实感的几分钟,他的身体仿佛渐渐解冻,开始动弹起来。

一男首先做的一件事,就是把九十九的所有房间全都查看了一遍。他窥视窗边码放的方便面和可乐,把手伸进墙边挂着的一整排黑衣服里试探,都没找到九十九和他的三亿日元。水泥地板和墙面似乎也没有隐藏的空间,但他还是一寸一寸地摸了一遍,当然没有出现角色扮演游戏里的场景。就像到处寻找不知放在何处的手机那般,一男重复了两三次同样的举动,依旧毫无发现。九十九和三亿日元真的彻底消失了。

走在楼间风强劲的高楼街区,一男给妻子万佐子打了电话。信号音响了八次,九次,万佐子不接电话。他回忆起自己昨晚对着电话大喊"我有钱了"的场景。电话转到语音留言箱,冷风伴随着强烈的悔意向他袭来。一男挂掉电话,仿佛为了抛却心中的羞愧与绝望,不顾一切地跑了起来。他想尽快逃离这个地方。

回到面包工厂,他用力关上宿舍门,反锁起来。

昨天还放着三亿日元的房间,如今却显得无比空旷。

"喵。"小猫马克·扎克伯格来到一男脚边。它似乎察觉到了一男的绝望,把身体贴在他的脚上,仿佛在安慰他。

"扎克伯格……你真是什么都能看出来啊。"

"喵,喵。"

"平时明明装作对我毫不关心的样子。"

"喵,喵。"

"其实在我真的很难过的时候,还是会来安慰我啊。"

"喵。"

扎克伯格似乎有些担忧地抬头看着一男，轻轻叫着。

一男忍不住抱起小猫，颤抖着说："怎么办……帮帮我好吗"。扎克伯格却露出不耐烦的表情，"喵"了一声跑开了。它的态度似乎在说："谁允许你继续撒娇了。"紧接着，扎克伯格一改刚才温柔的叫声，嘶哑地叫了几下，要他给自己喂食。一男发现自己被小猫的"萝卜和大棒"所玩弄，沮丧地往盘子里装满了猫粮。

可是，他不能一直这样沮丧下去。

必须找到九十九，拿回三亿日元。经过昨晚，一男已经意识到什么是彩票中奖者的实际状态，为了避免悲剧，他必须冷静地把握眼前的事实。一男打开电脑，点开搜索窗口，输入九十九的名字，点击搜索。伴随着一阵鼠标轻响，过去九十九一手建立的网络创投公司主页出现在画面上。再次点击，他看到这家公司去年被收购，随后解体的消息。

一男不断点击鼠标，追踪着九十九的信息，按照时间顺序一路查看公司活动的报告。突然，他发现一位美丽的女性，年龄大约三十出头，脸颊白皙，一头栗色长卷发，穿着修身呢料西装，脚踩黑色漆皮高跟鞋。从照片上就能看出那是个干练的女性。紧接着，他又开始点击与她相关的页面，很快便找到了九十九的身影。

那似乎是一张派对上的快照。那名女性紧跟在低着头的九十九身边，露出美丽的微笑。女性名叫十和子。她手上说不定有九十九去向的线索，一男的直觉告诉他。可是他只知道那名女性的名字，究竟该如何联系上她呢？一男漫不经心地听着扎克伯格咀嚼猫粮的声音，呆滞地凝视着在十和子身边低着头的九十九。

第二天起，一男就在图书馆工作之余，从过去的报纸和杂志报道中收集九十九的信息，其中还有在网络上根本无法找到的重要线索。他根据那些信息，在落语研究会学长的帮助下，又从与九十九熟识的几个人口中问出了更加详细的事情。随后他又利用新入手的关键词，用网络和电话进行确认，三天后，终于拿到了十和子家的电话号码。

这三天里得到的信息是这样的。九十九把自己的公司卖给了一家大型通信企业，然后将卖得的收入跟创建公司的其他三个合作伙伴平分了，而其中一人就是十和子。她是九十九的秘书，同时还兼任公关。网络上还有传言说她有可能是九十九的恋人。

他拨通十和子的电话，只听到一声信号音就被接了起来。一男坦率地告诉她，自己是九十九的朋友，正在寻找失踪的他。出乎他意料的是，十和子既没有拒绝，也没有抵抗，而是马上对他说："那请你明天过来吧。"然后把地址告诉他，就把电话挂了。那是让人回味无穷的甜美声音。

一男换了好几趟电车，一路向西而去。

他在离目的地最近的车站坐上巴士，往十和子告诉他的地址驶去。巴士沿着西洋风格、间距相同的一座座小房子爬上斜坡，穿过一片郁郁葱葱的树林，便看到一座小山丘上的灰色住宅群。那是个很大的居住区。一男走下巴士，在俄罗斯方块一样的住宅间穿行，走向自己的目的地——J栋（这个住宅区从A栋到K栋排列得整整齐齐)。此处的建筑都非常陈旧,墙面的涂装处处剥落,还能看到缺了瓷砖的裸露墙体。他很难将这个地方跟十和子联系在一起。那个在网页上露出美丽微笑的十和子,看起来就像屈服于金钱与权力欲望的女人。可现在,一男却朝着与那个印象完全相反的地方走去。

他来到J栋,又爬了五层楼梯。

每层楼的门前都孤零零地摆放着三轮车或网球拍一类的物体,但好像有三分之一的住房都是空置的。楼梯扶手上布满锈迹,原本应该是白色的墙壁也灰扑扑的。

他来到五楼,按响油漆剥落的大门中央的门铃。"叮咚",一阵离奇高亢的响动过后,他听到"啪嗒啪嗒"的脚步声,紧接着是门锁被打开的声音。大门伴随着"吱呀吱呀"的金属摩擦声开启,十和子探出头来。眼前正是那个网页上的美丽女性,只是头发已经变成了黑色长直发,穿着一件朴素的米色连衣裙。尽管看起来依旧优雅,却仿佛有些刻意为之的简朴。光看这一身打扮,倒是跟这个住宅区显得很融洽。不过十和子的美貌却因为朴素的发型和服装,显得更加出众了。

"附近有个公园,我们到那里谈吧。"十和子小声说。

"你吃了一惊吧?"

两人缓缓走向公园,十和子问一男。

"老实说,确实吃了一惊。"

一男回头看了一眼俄罗斯方块一样的小区,回答道。

"这里是公务员宿舍,房租只要两万日元左右。"十和子静静地说,"我丈夫在离这里十分钟车程的政府办公室上班。"

"是吗……"

"你肯定很意外吧。"

"哪里,怎么会。"

"没关系。我很明白你的心情。"

说着,十和子便走进公园,在木质长椅上坐了下来。一男也在她身边坐下,看了看公园内部。

这是个周围被住宅区环绕的正方形小公园。公园虽小,却拥有最基本的秋千、攀爬架、滑梯和沙堆这四样标配。这个住宅区无论是建筑物还是公园,都根据一个固定的模式建造而成。公园周围的树木已经落光了叶子，周围的世界仿佛都被涂上了一层灰色。尽管现在是白天，却没看到母亲和孩子们的身影，周围静悄悄的。一男不禁想，这个地方看似冰冷，却似曾相识。他这才感觉到自己真的到了很远的地方来，便呆滞地看着这个无人的公园。

哐当！背后突然传来一个声音，一男回过头，发现十和子不知何时已经走到公园门口的自动售卖机去买饮料了。

"很冷吧。"十和子双手抱着饮料走回来，微笑着问，"咖啡和红茶，你要哪个？"

"谢谢你……"一男回答道。两人相遇后，十和子头一次露出那样美丽的微笑，让他不禁有些心动。"那我要咖啡吧。"

他喝了一口从十和子手上接过的咖啡，双手捧着滚烫的罐子。热度让人手掌发疼。

"我能问些九十九的事情吗？"

"请吧。你来不就是为了这个吗？"

"九十九拿着我的钱消失了。三亿日元。那是我中彩票得到的钱。"

"……我真不知道该说什么好。"十和子低声道。

"大学时代,我和九十九是挚友。不过毕业后,我们有十五年没见过面了,甚至没有任何联络。可是在我突然得到那一大笔钱之后,觉得能商量的对象只有九十九。我以为他在与我断绝联系的这十五年里,一直在探索金钱的问题,所以我才觉得他一定知道'金钱与幸福的答案',一定能引导我的人生走向正确的方向。因为我突然得到这么大一笔钱,真的很害怕,所以只能去向九十九求助。"

"我也很想帮上你的忙……"十和子说,"只是让你这么远跑过来,我却只能说很抱歉,因为我跟他已经很久没见过面了,也不知道他现在在什么地方。"

"我猜是这样,不过还是很感谢你愿意见我。我很想跟你见一面。"

"就算我不知道他在哪里吗?"

"是的。当然,我也很想找到九十九要回那笔钱。

而且出于某些原因,我也必须要回那笔钱。但我至今仍无法相信九十九偷了我的钱逃跑了。因为他自己本来就很有钱,根本没必要觊觎我那点儿奖金。那么,他为什么要做那种事呢?想到这里,我突然发现,我根本不了解现在的九十九。这十五年来,他都经历了什么,他身上发生了什么样的变化,还是一点都没变呢,我对此一无所知。如果不搞清楚这些,我认为那三亿日元是不可能找得回来的,所以我才决定来拜访你。"

"我确实了解他那十五年间的一部分。可是,这并不代表我就知道他为什么要偷走你的钱。"

"可能是吧,不过我还是想尽量多了解九十九这个人,也想知道他一直在寻找的,金钱和幸福的答案。曾经与九十九一起工作,一起赚过大钱的你,说不定对此有所了解。"

一男一口气说完,又喝了一口咖啡。

公园里依旧寂静,远处传来幼儿园放学的孩子们嘈杂的声音。十和子拉开一直握在手上的红茶罐拉环,喝了一口,随后凝视着罐口,安静地说了起来:

"……我知道了。要跟你说九十九的事情,必须先从我自己说起。这可能会有点长。或许你还会觉得有点无聊,可对我来说,讲述那些经历也是十分痛苦的。尽管如此,我还是对自己的行为给他造成的影响有种间接的罪恶感,而且既然你已经远道而来,我也要尽自己的责任向你提供信息。"

"谢谢你。"

"首先我要告诉你一件事。"

"什么事?"

"我一直都很讨厌金钱。"

"讨厌?"

"想必你一定难以置信吧。不过我从小就讨厌金钱,甚至憎恨金钱。"

"为什么呢?"

"……我成长在一个母女俩相依为命的贫困家庭。自从懂事以后,就只有母亲一边打好几份工,一边抚养我长大。周围的人都说我母亲很漂亮,她虽然贫穷,但伦理观十分坚定,不断教育我说,不能为了钱而活,金钱会让人堕落。见到我从钱包里取出硬币或钞票抚摸,就会对我大发雷霆,说别碰那种脏东西!那不干净!马上去洗手!对母亲来说,金钱就像人人忌讳的污秽之物。生活在母亲对金钱的憎恶中,不知何时起,我也开始认为钱是脏东西了。实际上,由于我们生活拮据,光因为钱的问题就受了不少苦。幼年的我时常这样想,只要世界上没有钱,我们就不用过得这么辛苦了。我还无数次妄想金钱真的从世界上消失了。可是随着年龄的增长,金钱不但没有消失,还在我心中占据了越来越重要的地位。"

十和子一口气说完,双手捧着红茶喝了一会儿,然后继续说下去。

"这么说可能有点自夸的嫌疑,不过我出生后就只有这副身材和这张脸是优点。上高中以后,有很多男同学对我表白,拿到奖学金进入大学后,追求我的男人更多了。其中绝大部分都是家庭富裕的同学,或者事业有成的年长男性,他们想用金钱买走我的外表和我的心,给我买昂贵的衣服首饰,还带我到海外旅游。大部分男性都像对待奢侈品手表和鞋子一样把我带在身边。渐渐地，我就开始沉迷于金钱的魅力。只要自己心中有想要的东西，轻易就能到手，那已经成了我的日常生活。可是无论得到多么昂贵的东西，我的心中却始终盘踞着不安。在处心积虑想得到金钱的同时，我心中同样怀有对金钱的极端憎恶。然而有一天，我突然发现了。"

"发现什么？"一男问。

"我发现，自己今后也会一直憎恨金钱。"

"为什么？"

"那一定是因为我'对金钱过于热爱'吧。"

说完，十和子长叹一声。仿佛刚才那些话让她把一直堵塞在心中的黑色毒液全都倾吐出来了。随后，她那双淡褐色的眼睛看向了一男。

"我一旦开始恋爱，就会十分投入。尽管自己从未主动喜欢过别人，大抵都是男性先对我表白，可是只要交往上一段时间，我就会彻底喜欢上他，对他着迷不已。最后反倒因为不明白对方的真实心意，跑去逼问或苦苦哀求。这样一来，对方就会渐渐疏远我，最后落得分手的下场。不过我一旦失恋，又会极端厌恶那个男人，把那个人从外表到性格统统予以否定。在这样的反复中，我突然意识到一件事。我之所以会讨厌那个男性，一定是因为我太爱他了。"

"十和子女士，想必很多女性都有过同样的经历吧。"

"有可能。然而我跟她们的不同之处在于，我意识到了这个事实。"

"意识到了？"

"是的。对我来说，男性等同于金钱。我过于热爱金钱，所以毕生厌恶金钱。可是越讨厌，我就越无法逃离金钱。"

"谁也无法逃离金钱啊。"

"一定是这样吧。但我无论如何都无法产生偏要赚取自己最讨厌的金钱，成为富豪的想法。跟恋爱一样，我对金钱无法产生主动性，但我依旧渴望金钱。解决这种矛盾的方法只有一个，那就是跟有钱人结婚。可能你认为我很粗鄙，不过我认为，对大部分女性来说，她们眼中的金钱都不是自己的钱,而是自己深爱的男人所拥有的金钱,那并不一定意味着对方必须是有钱人。不管钱财是多是少,我们唯独不能无视自己深爱的男人拥有的财产。无论是结婚还是生育,都必须考虑到对方的年收入和资产。所以要问我是不是特殊的女性,我认为绝对不是。"

公园依旧空无一人。

远处孩子们的声音不知何时已经消失了,此时却变成拍打棉被,直升机穿过上空的声音,有规律的响动。十和子仿佛迎合着那个节奏,再次开口道:

"到大学毕业的时候,我已经能够搭配与自己外貌相称的服装,并且拥有了相应的姿态,甚至具备了男性最喜爱的柔美,同时也不失质朴,于是我身边的有钱人越来越多。我很清楚他们想要什么,不想要什么。我跟其中几个有钱人交往过,或者应该说,在他们中间辗转。也有几次想要结婚,甚至发展到了谈婚论嫁的地步,只是没有一次能够实现。"

"……为什么呢?"

"在提到结婚，买好新居，决定婚礼地点的过程中，我总是会开始疑惑自己究竟是爱着那个男人，还是爱着他的金钱，因此总会选择逃避。明明打从心底里渴望金钱，到头来却要追求金钱无法购买的真爱，我对这样的自己感到万分厌恶。"

"后来你就跟九十九相遇了。"

"是的。在我反复那样的恋爱时，遇到了九十九。我们第一次见面是在创业者的酒会上，当时九十九被一群穿着昂贵西服的男人围在中间，不断有人跟他搭话。九十九作为一个新晋抬头的锐意创业者，自然无论是谁都想与他结识。可是，不同于周围男性脸上那副充满自信的表情，九十九却不跟任何人对视，而是弓着腰低着头。看到他身影的那个瞬间，我就直觉地想到'他跟我很像'。于是我马上跟他搭上话，在我们合作期间，也开始了交往。"

十和子悠然地喝着易拉罐里的红茶，薄唇上泛着淡淡的水光。一男忍不住盯着她的嘴唇看了好久，发现她双唇的左下角还有两颗小小的痣。

"接下来的日子充满了安稳和幸福。虽然事业繁忙,九十九和他的伙伴们却有着共同的理想,让公司不断发展壮大起来。在工作之余,我们就出去约会。因为实在没有时间,只能在饭店吃个饭,去温泉一日游。尽管他对此似乎很抱歉,我却觉得那样足够了。可是,他渐渐开始像别的男人一样,送我昂贵的鞋子和手提包当礼物,并产生了我会因此满足的错觉,渐渐不再把时间花在我身上。不知何时,跟九十九在一起的生活变得跟以前所有男人都一样了。我想,说到底,金钱还是比人要强大啊,就连九十九最终都走上了同样的道路。金钱会吞噬人性,吞噬一切个性和思想,让所有人都同化。"

"后来你跟九十九怎么样了?"

一男想知道后面的故事,便迫不及待地问了一句。

十和子仿佛没听到一男的问题,淡淡地说了下去。

"就在那个时候,一家大型通信公司说要收购九十九的公司。九十九希望能够让公司保持现在的形态,但他的伙伴却被高额收购价冲昏了头脑。他们各自举起正义的大旗,彼此猜疑,钩心斗角,最后互相背叛,把公司卖掉了，拥有一部分股权的我也得到了十亿元收购金。当时我脑中就浮现出那些我爱过、恨过的有钱男人。又一次，我开始怀疑自己到底是爱着九十九，还是爱着他的钱。看到那样的我，他提出了分手。"

"九十九说什么了？"

"光是想起来就会让我很痛苦……"

"对不起，你不用勉强……"

"不，我还是说吧。"十和子闭上眼睛。"他这样对我说：我们一定无法得到幸福，只要一天不能逃脱金钱的束缚，我们就必定会被与爱情同样强烈的憎恶所支配。可是，想必金钱再也不会让我们得到自由了。"

十和子的身体开始颤抖。

一男不知该对她说些什么。现在无法对着她说话。

十和子低着头闭着眼，继续说道：

"跟九十九分手后，我辞去了工作，回到老家照顾开始出现老年痴呆症状的母亲，就这样过了一年多。某天，本来已经很糊涂的母亲突然开始对我说父亲的事情。她口中的故事简直与我的经历如出一辙，就是跟有钱男性之间的爱恨情仇。母亲曾经爱过富裕的父亲,后来跟他分开了。不久之后,她就开始怨恨父亲,怨恨他的金钱。因此,她一直努力教育自己的女儿,不让我走上跟她相同的道路。教育女儿厌恶金钱,诅咒金钱。几天后,母亲深夜离开家,在外面徘徊了一晚,最后死在了镇外的公园里。那天下着大雪,我跟警察找她找了一个晚上,最终还是没找到。"

十和子的眼中浮现出泪光,想必她在强迫自己不能流下眼泪吧。只见十和子静静地看向天空,太阳已经开始西斜,天空被染成一片金黄,飞机悄无声息地缓缓划过天际。

"又过了几天,我在整理遗物时发现了母亲的银行存折,那上面记录着应该是我父亲汇进来的款项。每月最后一天进账五十万日元,加起来将近有两亿日元。那本存折上连续好几页都印满了整齐的六位数字,没有任何取款记录。三十多年来,母亲一次都没动过那笔钱。我忍不住屏住了呼吸。我的母亲坚定地认为,只有这样才能保护好自己的女儿。她从不乱花钱,一直没日没夜地工作,把自己的钱全都用在了我身上。同时拼命守护着我,不让我被那些邪恶的金钱玷污。尽管如此,我还是走上了跟母亲同样的道路。妈妈,对不起,对不起,对不起。我哭得快要喘不过气来,眼泪根本止不住。最后我决定了,我要拥有跟母亲不一样的人生。"

"……不一样的人生?"

"几个月后,我到婚姻介绍所登记了一个账户,很快就接到几个男性的咨询。他们都是年收入较高,外表俊朗的男人。但我一一拒绝他们,选择了自己相亲认识的男性。那时我就遇到了现在的丈夫。他相貌平平,收入也不高,也没有值得夸耀的学历和幽默感。不过他有非凡的才能,那就是既不憎恨也不热爱金钱。他生活在金钱的逻辑之外,那对我来说就是最大的救赎。头一次相亲时,我就看出了他的这种资质。半年后,我就接受了他的求婚。我丈夫是个温柔诚实的男性,对我这种卑劣的人来说简直是奢侈。我这辈子从未像现在这样,把日子过得平淡安详。"

"万恶的根源并不是钱,而是对钱的爱。"

塞缪尔·斯迈尔斯曾经说过这样的话。

十和子耗费了漫长的年月,让自己摆脱了对金钱的狂爱,获得了自由,最终得到了幸福……他并不这么想。一男必须跟她确认一件事。

"……那是真的吗?"

一男问。

"什么?"

十和子用窥视的目光看了他一眼,声音颤抖地说。那个样子仿佛在害怕自己的罪行遭到揭露。

"你真的得到了丈夫的救赎,过上了安详的日子吗?"

"我不明白你在说什么。"

"……你的钱去哪儿了?"

"这个嘛……"

"你母亲留下的两亿日元,还有从九十九他们那儿分来的十亿日元。"

他们陷入了片刻的沉默。大概过了三分钟吧,如同冻结一般一动不动的十和子缓缓站了起来，留下一句"请跟我来"，便兀自走上了通往自己家的道路。二人来到J栋，沿着楼梯走上五楼，打开门，进入家中。里面是个1DK[1]的狭小空间，兼做餐厅和起居室的小房间桌上摆着一小瓶花。

十和子把一男领到卧室里。那是个只有六叠大小[2]的和室。她打开了卧室的衣橱，里面整整齐齐地放着棉被、吸尘器、衣物箱等，都是完全代表着简朴生活的物品。十和子小心翼翼地把那些东西取出来，又轻轻撬开了里面的隔板。

那里堆满了一万日元钞票，像壁纸一样塞得满满当当。

"我丈夫不知道这些钱的存在。"十和子轻抚着钞票说。白皙纤细的手指，左手无名指上套着一枚散发着模糊银光的戒指。她的指甲被打理得整整齐齐，并细心

---

1 即一卧室，DK指Dinning Kitchen（厨房兼餐厅）。

2 不到十平方米。

涂上了指甲油是唯一与朴素的服装毫不搭调的地方。

"每天丈夫外出工作，我就会看着这些钱，抚摸它们，确认它们的存在。只需这样，我的心就能得到满足，变得安稳。随后我会开始打扫房间，洗衣做饭，等丈夫回来。这对我来说就是安详，是难以替代的幸福。我在这十二亿日元的守护下睡觉，起床，吃饭，与丈夫生活，因此现在是最幸福的。我不再需要对金钱和男人又爱又恨，我得到了自由。而我现在终于明白了，其实我最想要的就是这样的自由。"

一男突然回忆起九十九那天的表情。

从摩洛哥沙漠边缘升起的，火红的朝阳。

九十九看着那副光景的侧脸。

"我要去寻找金钱和幸福的答案。"

九十九说这句话时，脸上混杂着摆脱一切得到自由的安详，和失去一切的悲伤。

现在，他看着十和子的脸，想起了九十九的那个表情，突然觉得自己明白了为何二人会相互吸引，最终又分道扬镳。同时他也似乎体会到了九十九在分别时感到的孤独，胸口不由自主地一阵紧缩。

"一男先生，我能对你说的只有这些了。我不知道九十九为什么拿走你的钱，也不知道他去了哪里。不过跟我一样分到了十亿日元的另外两个男性合作伙伴，或许会知道九十九的去向。你想见见他们吗？"

"麻烦你了。"

"他们两人分别叫百濑和千住。"说着，十和子拿出手机，在便签纸上抄下二人的电话号码，交给一男，"不如你去找找他们吧。那样或许就能问出九十九的去向，也能了解到他们是什么样的人。"

就在此时，他们听到楼梯间传来脚步声。

皮鞋敲击地面的声音打着节拍器一般规律的节奏，向他们靠近。

"我丈夫回来了。不如我叫他送你到车站吧。"

"没问题吗？本来我这个访客就够可疑了。"

"我跟他说你是我一直住在国外的表弟，没关系的。"

"是吗？"

"嗯。你认为我会选择那种小心眼的男性吗？"

十和子突然微笑起来，嘴唇左下角的两颗小痣调皮地勾起。

"我回来啦。"十和子的丈夫走了进来。他看见一男，笑着问道："初次见面。你们聊得还不错吧？"

"谢谢你。我不小心待太久了。"一男目不转睛地看着她丈夫。

中等身材，穿着毫无特征的灰色西装，这个在政府工作的男人就像那座公园一样，一切都被平均化了。无论是对金钱、文化还是服装都没有任何讲究。借用十和子的话，他可能就是一个跳脱一切的自由男人。

"天快黑了，外面挺冷的，我送你到车站去吧。"

十和子的丈夫对一男说。

"不用不用，太不好意思了。我自己坐巴士回去，别担心。"

一男回答。

"那样我妻子会生气的,还是我送你去吧。对吧,十和子?""是啊。一男,你就把他当成出租车吧。""十和子真过分,什么出租车啊。""对不起,对不起。"

十和子和丈夫你一句我一句地戏谑着,一边欢笑不断,仿佛这是两人间早已约定好的事情。

外面已经被夜幕笼罩,气温比白天低了很多。

三人一同走到小区的停车场。在街灯的映照下,地面上拉出三条长长的影子。刚才还十分活跃的十和子此时突然沉默下来,只顾着低头向前走。

来到停车场,十和子的丈夫坐进小轿车,缓缓把车倒了出来。在此期间,一男问十和子:

"我能再问一个问题吗?"

"请吧。"

"你爱过九十九吗?"

十和子的表情僵住了。她目不转睛地凝视着丈夫那辆车的尾灯。十和子的丈夫似乎不擅长驾驶,正在不断转动方向盘试图从车位里倒出来。他每踩一次刹车,尾灯就会闪烁起来。一男追逐着十和子的视线，盯着那道红光。十和子自言自语般回答起来：

"我觉得自己确实爱过九十九。现在想想，其实无论我爱的是他的人，还是他的钱，那都无所谓。反正我爱过他，我心里只有这样的感情。有时我也会后悔，如果当初只'相信'那样的感情，不再多想该有多好啊。"

"……是吗？"

"一男先生，我也能再问一个问题吗？"

"请问。"

"如果你找到九十九，拿回了那笔钱，会如何使用那三亿日元呢？"

"……我首先要偿还弟弟的债务，然后跟因为那笔债务而离开的妻子女儿和好。"

"你认为只要有钱，就能买回家人吗？"

"我觉得那是可能的。"

"我不那么认为。"

"为什么？"

"你想要的都是金钱无法买到的,所以才想要。"

说完,十和子笑了。

一如他在网站上看到的,美丽的笑容。

一男坐进副驾,小车穿过俄罗斯方块一样的居住区,行驶在茂密的林间道路上。可能因为减震装置不太好,每经过一处低洼,车体就会"咔嗒咔嗒"地摇晃起来。一男呆呆地注视着被上下剧烈晃动的头灯照亮的道路,突然听到旁边传来一个声音。

"一男先生,你跟十和子有多少年没见了?"

"啊,应该有十年了吧。"

"是吗?怎么样,十和子是不是变化很大?"

"没,还是像以前一样漂亮。"

"那真是太好了。如果你说她结婚之后不漂亮了,那肯定是我的错。"

车身突然剧烈晃动一下,十和子的丈夫说了声"对不起",随后转动方向盘。一男突然看到他左手腕上的手表。那是与他毫不相称的瑞士高档手表,只是表盘的玻璃上有条裂缝。

十和子的丈夫察觉到一男的视线，这样说道：

"啊，这个吗？是十和子送我的手表，不过被我摔坏了。她叫我买个新的，但我觉得那太可惜了。毕竟是十和子送我的礼物，也不舍得扔掉……不过这个样子也挺狼狈的吧，真是不好意思。"

"不会不会，请你不要在意这些。"

"唉，对不起。"

说着，十和子的丈夫苦笑起来。

一男不由自主地想，这是个善良的男人。正因为他超脱而自由，才能表现出表里如一的诚实。并且，他无疑从心底深爱着十和子。一男突然感到自己罪孽深重，对他隐瞒那个真的好吗？

"家里也是破破烂烂的，让你见笑了。"

"怎么会呢，我觉得那里很温馨。"

"唉，因为不太富裕，让十和子受了不少苦。不过就算我死了，她也不会有问题的。"

"没有那种事啦。"

"不……十和子一定不会有问题的。"

小车穿出林间道路,在红灯前停下。

十和子一定不会有问题的。

那句话让他感到有些异样。难以理解的话语在寂静的车厢中萦绕不散。这时,一男突然想到,这男人其实知道衣橱里的东西吧。

"十和子给我看了衣橱。"

一男小心翼翼地说了一句。

"……衣橱?为什么让你看那个?"

"是十和子主动让我看的。"

"让你看那种地方,十和子还真是个怪人。莫非她想对你炫耀自己把家里打扫得特别干净吗?"说着,十和子的丈夫哈哈笑了起来。

那个笑声是他对一男说的头一个谎言。那种干巴巴的笑声,无需仔细分辨就知道是彻头彻尾的谎言。

"你知道了吧?"一男问。

"知道什么?"

"十和子她……藏在衣橱里的东西。"

信号灯变成绿色。十和子的丈夫慌忙踩下油门,小车猛地往前一冲,随后才缓缓开动起来。

"对不起……让你费心了。"十和子的丈夫露出略显悲伤的笑容。

"是我不该说多余的话……"一男垂下目光。

"我真的感到很羞愧。只有我一个人被蒙在鼓里,真是太滑稽了。"

"没有那种事。她是为了你……"

"我明白。她想保护什么东西,这点我还是明白的。她可能认为我不知道,不过我知道她的过去,也能想象到那笔钱的存在。"

"既然你都知道了,为什么不干脆去问问她呢?十和子可能也一直在等待那个时刻。"

"有可能吧。不过只要十和子不打算跟我说,我也就不会跟她谈那些钱的事情。我这人头脑不太灵光,但还是知道十和子为什么会选择我。因为我比任何人都更爱她,也认为自己比任何人都更想理解她。所以,不管那些钱是否存在,我都不认为自己对她的感情会有丝毫改变。可是,她却不同。"

"她跟你不一样吗?"

"是的,一定不一样。一旦她得知我知道那笔钱的存在,一定会无法忍受。因为她好不容易才摆脱金钱,得到了自由。如果那样能让她安心,我甘愿一直装作不知道的样子。"

"这样十和子就能幸福吗?"

"我不知道那对她来说能否称得上幸福,但有一点十分肯定。"十和子的丈夫缓缓吐出一口气,"那是我能做到的,对她表达爱意的唯一方式。"

DJ在车载收音机里宣布保罗·麦卡特尼即将来日的消息,最后大喊一声:"不来看这场日本公演,人生还有什么意义!"紧接着便开始播放披头士的曲子。

"Can't buy me love!"保罗·麦卡特尼嘶吼着。

Tell me that you want the kind of things
That money just can't buy

I don't care too much for money
Money can't buy me love
Can't buy me love, love

金钱无法买到爱。
所有人都坚信着。
他们都试图坚信。
可事实当真如此吗?
金钱一定能够买到爱,甚至能买到人心。
所以我们才要寻找,金钱无法买到的真爱和真心。

透过车前窗,他看到了车站发出的微光。
"快到了。"
说完,十和子的丈夫踩下刹车。小车再次"咔嗒咔嗒"地晃动起来。只是那个声音已经被保罗·麦卡特尼的歌声盖过了。
周围的建筑物、行人,全都笼罩在浓浓的夜色中,唯独车站孤零零地发出光亮。

　　一男看着那些光，脑中闪过十和子整齐美丽的指甲。

百濑的赌博 ——————

纯种马在奔跑。

绿油油的草地上，毛皮光滑的躯体在闪烁着光芒。十六匹纯种骏马争先恐后地进入最后一个弯道。

足底在摇动。赛马场上笼罩着雷鸣般的呼声。骑手挥动手中的马鞭。骏马们绷紧肌肉，开始加速。哒哒哒哒哒，哒哒哒哒哒。即使距离甚远，也能听到那阵蹄音。草屑飞散在空中，土块也飞散在空中。领头部队中不断出现落后者，一匹，两匹。马群如同韧性十足的橡胶，拉得越来越长。

四号马脱颖而出，七号马紧随其后。四号和七号你争我夺地奔向终点。马鞭挥动的频率越来越快，十二号马从后方一口气追赶上来，瞬间超过两匹头马，如同炮弹般射入终点。瞬息之间，四号和七号也汇入了终点区域。

呜哦哦哦哦哦。呜哦哦哦哦哦。

欢声瞬间转为怒吼，看台上顷刻间吹起马券的暴风雪。赤裸裸的欲望的声音，声音，声音。潮水般的声音汇集成巨大的回响，如同怪兽的咆哮般响彻四野。

"万马券[1]！"百濑大吼着，抓住一男的肩膀，"你是亿万富翁啦！"

他难以抑制兴奋，嘴角喷吐着白色的泡沫。

一男几乎听不到百濑的声音，仿佛那个声音被隔了几重滤网，早已失去了意义。他的视野也好像覆盖了一层白膜，变得模糊起来。

三千万日元的债务，三亿日元的彩票，一夜之间消失无踪的现金。

此刻，他再次成为亿万富翁。

我的人生究竟是怎么回事。

一男仿佛置身梦境，呆滞地倾听着赛马场上回响的怪兽咆哮。

"哎？什么？你在找九十九？"

听筒另一端传来百濑粗哑的声音，仿佛喉咙里塞着一团毛发。光听他的声音，就能猜出此人十分烦躁。

---

[1] 赌马活动中赔率超过一百倍的被称为万马券。赔率越高则获胜几率越低，一旦获胜就能得到更多奖金。

"……是的。不知你是否能告诉我他在哪里呢？"

一男接过话头，静静地回答。

"不晓得，不晓得。再见啦。"

"请等一等！能跟我说说九十九的事情吗？什么都行，其中可能会有线索，而且我还有很复杂的理由……"

从十和子那儿拿到百濑的联系方式后，一男第二天给他打了好几个电话，可是每次都会被转入留言信箱。第三天，第四天，等待他的依旧是留言信箱。

到了第五天，就在一男开始怀疑这个号码是否正确时，百濑接电话了。

一男告诉他，九十九是自己大学时的挚友，虽然十五年没有联系，但在自己中了头彩后两人再次见面。九十九拿走了自己的三亿日元彩金，目前自己正在寻找他，并在此过程中见到了十和子，又从十和子那儿拿到了百濑的电话。他还把十和子认为百濑应该有点线索的事也说了出来。

百濑不耐烦地应和着，把一男的话听完了。

"真拿你没办法。虽然很麻烦，还是见你一面吧。

那就这周日。"说完,百濑指定了见面的地点,又飞快地补充一句,"穿西装来哟,西装哟。"紧接着就匆忙挂掉了电话。百濑指定的见面地点,是东京郊外的赛马场。

周日,一男换乘了几趟电车,花了一小时来到赛马场。

根据百濑的吩咐,他对站在入口的黑西装男性打了声招呼,随后便被领进了赛马场,从内部通道进入电梯,来到五楼。随后,他又戴上领路的男性递给他的"马主席位"胸牌,走上胭脂色的地毯。穿过马主专用的餐厅和吧台,两人继续向内部走去。

来到通道尽头,黑西装男人打开一扇门,眼前出现覆盖着玻璃圆顶的空间。这个洒满阳光的地方能够一眼看尽整个赛马场,窗外是一片油画般绿油油的草坪,看来这里并非是一般马主能够进入的 VIP 区域。里面比刚才的马主席位少了不少人,早已用马主身份来往赛马场多年的老年人和身穿昂贵西装的青年实业家正在交杯换盏，谈笑风生。里面还有几个应该是被他们带来的美丽女性。一男被领到了这一层最深处的单间里。

黑西装男人安静地打开门。里面摆放着几张圆桌和沙发，玻璃落地窗外面是一个宽敞的露台。这里能够从赛马场中央俯瞰下方，让他感觉自己摇身一变成了贵族阶级。

房间正中有个理着寸头的高大男子。他一个人坐在沙发上，盯着电视屏幕里奔跑的马匹自言自语。明明眼前就是正在进行的竞赛，那人却盯着电视直播，这样的光景着实诡异。

"没错……没错……就这样。"

淡蓝色两件套西装，金色领带，看起来无比沉重的大金链和看起来无比沉重的金表。一男瞬间便被百濑散发的气场压倒，可是不跟这个人交谈，就找不到九十九，也要不回三亿日元。

"你是……百濑先生吧？"

"你先等会儿！没错……就这样……"

电视屏幕上的纯种骏马争先恐后地绕过最后一个

弯道。

"没错！没错！没错！"

百濑猛地站起来，紧紧握住电视机两端，朝着画面大吼。

"啊噶！啊嘎嘎嘎嘎嘎嘎！"

伴随着他的嘶吼，马匹们先后冲进终点。百濑一边发出"啊嘎啊嘎"的意义不明的声音，一边颓然倒在沙发上，再也没有动弹，仿佛一头被猎枪击杀的巨熊，明明已经死了，却依旧让人不敢靠近。就这样过了好几分钟。

"……你怎么了？"

实在耐不住沉默，一男小心翼翼地问了一句。

"啊啊……完了完了……这下完了……"

百濑抱着头呢喃起来。

"输了吗？"

"不……没有……"

"啊？"

"又赢了……"百濑抬起头，眯缝着眼睛凝视一男。

"又是……万马券。"

"啊？！赢了多少？"

"……一亿。"

"一亿？！"

"是啊，一亿！老子完蛋了！突然赢了这么多钱……我、我、我的人生要乱套啦！"

百濑抱头哭喊起来。赌马赢了一亿日元，却哭叫着人生要乱套的男人。一男不禁想，现在这个状况才叫乱了套。不过，他在经历了从负债生活摇身一变成为亿万富翁，又在一夜之间一无所有之后，也能理解那种心情。贫穷会让人陷入疯狂，同样，过于富有也会让人陷入疯狂。

"百濑先生……"

"我完蛋了……完蛋了……"

"那种事……"

"完蛋了，完蛋了，完蛋了……才怪！"百濑突然狂笑起来，满是污渍的金牙泛着浑浊的光芒。"你傻啊？哪里会有人赚了一亿日元还哭的！"

愚弄的目光，嘲讽的声音。百濑身上充斥着暴发户特有的，蔑视一切的气场。可是一男没时间整理对他产生的复杂心情。他深深低下头说：

"……今天麻烦你抽空见我，真是太感谢了。"

"那还真是，你得感谢我啊。到底怎么一回事儿，九十九的朋友？"

"在电话里也跟你说过了，九十九拿走了我的奖金，彻底失去了踪影。我实在找不到他在哪里，所以才想多了解他的过往。你可以跟我说说你们以前的事情吗？"

"多少？"

"啊？什么？"

"你的钱，被九十九拿跑的钱。"

"……三亿日元。"

"三亿？不晓得，不晓得！才这么点儿小钱！"

百濑说完，弯腰捡起桌子底下滚落的一日元硬币，装进口袋里。随后他又大声说道："这么点儿小钱，我都懒得理你！"

美国大富翁约翰·洛克菲勒[1]曾经说过关于珍惜"小钱"的话:"你那不珍惜十美分的心,就是让你一辈子只能当门童的最大障碍。"可是刚才百濑拾起一日元硬币的身影,却只能让一男感到无比卑贱。

"再说了,陪你说话我有钱拿吗?我有好处吗?"

"对不起……我很惭愧,因为我实在没什么东西可以给你。"

一男用几乎听不到的声音说。

百濑并没有刻意为难我。毕竟世界不是围着我转的,仅此而已。一男看着脚尖,不断对自己说。脏兮兮的廉价皮鞋似乎在柔软的胭脂色地毯上失去了立足之处。

"很抱歉对你提出这么任性的要求。现在九十九不见了,三亿日元也不见了,老实说,我真的不知道该怎么办。我有债务,有家人,所以必须找到九十九,拿回那笔钱。"

---

[1] 美国实业家,美孚石油公司创始人,是世界公认的"石油大王"。

一双手突然用力握住了他的肩膀。百濑一反刚才的冷漠,用难以置信的温柔表情看着一男。紧接着,那双眼睛里噙着泪水,声音里也带上了一丝轻颤。

"你一定很痛苦吧……我明白那种心情。突然得到三亿日元,又突然变得一无所有。陷入混乱是正常的,我很同情你。刚才一直跟你开玩笑,是我的错,原谅我吧。作为道歉,你想打听什么就直说。只要是我知道的,全都告诉你。"

看着百濑抬起熊掌一样的大手擦拭眼泪,一男不禁有些动容。其实仔细想想,百濑也是九十九的朋友。或许自己受到表面印象的冲击,一不小心误解了他。一男为自己最初的想法感到十分羞愧。

"百濑先生……谢谢你。"

一男又深深低下了头。百濑赶紧扶住一男,温柔地说:

"正好我也准备结束这场金钱游戏了。最近啊,我终于发现了一件事儿:世界上有大把大把东西是钱买不到的,那就是所谓的无价之宝呀。难忘的回忆、珍贵的友情、无可替代的亲情。一个人拥有多少金钱换不来的幸福,就决定了他的人生是否丰富呀。你说是不是这个理儿?"

"是啊……我也这么认为。"

百濑用菩萨般慈祥的目光看着一男,轻轻放开一直紧紧抓住他肩膀的手。

"对啊,那都是无价之宝……才怪!白痴,那怎么可能!这世道只要有钱就能得到一切啊!你怎么总往这些恶心吧唧的话题上跑啊!太他妈恶心了!"

百濑说完,放声大笑起来。单间里回荡着他粗野的笑声。看着百濑乐在其中的笑脸,一男又想:我这是在浪费时间,跟这个人说再多话也不可能得到九十九的线索,他在心中确信了这点。

"我走了。"一男转身走向出口。

他不想在这个讨厌的地方多待一秒,只想尽快离开此处。

百濑对他的背影说:

"你到这里来是为了什么?"

他的声音很平静。

"是因为……我必须找到九十九。"

一男头也不回地回答。

"不对。"

"不对？"

"你是来看我的。你想看看赚了一大笔钱的男人都过着怎样的生活。"

"……有可能吧。"一男回过头，凝视着百濑的脸。"我……想知道金钱和幸福的答案。"

"金钱和幸福的答案？"

"是的。十五年前九十九对我说，他要去寻找那个答案，后来他就离开了我。可是久别重逢之后，他不仅没有告诉我答案，还拿走了我的钱。我还没听到他的答案，便认为今天来见百濑先生，或许能得到那个答案。"

百濑坐在沙发上，垂下目光。他一动不动，似乎在沉思。那个身影不知为何竟带着一丝哀伤。

"今天让你特意空出时间，真是太感谢了。"

一男低着头对百濑鞠了一躬，打开房门。

"给我等等。"百濑抬起头叫住他。

"有什么事吗?"

"要不要赌一把?你只要陪我玩儿一把,我就给你讲九十九的事儿。而且难得到这儿来一趟,干脆试试你的财运呗。"

百濑的赌博。出乎意料的邀请。

"动机无关金钱。真正好玩的是游戏本身。"

美国不动产之王唐纳德·川普曾经说过这样一句话。

同样,百濑一定也只是醉心于游戏,他把这当成了一场游戏。对他来说,一切都是游戏,一切都是赌博。一男不想再被欺骗愚弄,但也没有别的选择。为了找到九十九,必须从百濑口中得到线索。就算那只是百濑的一场游戏,一男也只能赌一把。

"我知道了。那我就赌一把,仅此一次。"

一男安静地点点头。

"那好。赶紧下注吧。"

百濑从沙发上站起来,坐到圆桌旁的一张椅子上。

他一边瞥着摆在桌上的赛马报纸,一边敲击着笔记本电脑的键盘。然后他看着电脑屏幕,用红笔在赛马报纸上做起了笔记,再凝神看了一会儿电视屏幕上出现的围场画面,继续敲击着键盘。如此反复了大概三次,百濑拿起铅笔,开始往桌上叠放的标记表画标记。一男疑惑地学着他展开赛马报纸,拿起红笔。

◎○▲△×。十六匹马分别被标记了记者做出的获胜预测,下面用米粒大小的字记录了每匹马最近几场比赛的成绩。可是,他还是不知道该怎么做。

"你怎么了,头一次玩儿?"

"是的。"

"那没办法。跟我买一样的吧。你有多少钱?"

"钱包里有一万日元……"

"不成不成,就那点儿钱。我借给你,跟我来。"

说着,百濑大摇大摆地走出了单间。他走到附近的VIP专用马券购买窗口说:"大婶儿,我要换钱。"随后便把刚才的万马券递了过去。

一亿日元现金不可能这么快换好吧?一男回忆起自

己在银行的经历。从彩票鉴定到奖金兑换，他跟银行职员谈了整整一个小时，最后还是没能当场领出现金。

可是五分钟后，窗口另一端就出现了大量成捆的百万元钞票。原来在赛马场的VIP区域，现金就像抽奖现场的纸巾一样转眼间就能拿到，他感到意识有些模糊。自己在银行里花了那么多时间，究竟是为了什么？此时一男终于明白，正如人会选择人一样，金钱也会选择人。这个世界上就是存在能够将长度不足十公分的马券在五分钟之内理所当然地换成一亿日元的地方。

几分钟后，那一亿日元现金既没有被放进保险柜，也没有被塞进手提箱，而是被扔进了印着赛马场名称的极为普通的纸袋子里。钞票塞满了两个纸袋，当场被交到百濑手上。

百濑提着两个鼓鼓囊囊的纸袋回到房间说："你好好看着啊。"只见他把纸袋整个倒了过来。成捆的钞票散落在桌上，圆形桌面瞬间就被表情严肃的福泽谕吉占据了。

"这是我刚才赢的一亿日元，都是运气特好的小福哦。你从里面抽一百万吧。"百濑拿起一捆钞票,交给一男。

"我不能借这么多钱,而且我也不可能赢得赌马。"

"这可是个人生的大赌局。现在运气在我这边,这些小福也沾了运气,更何况我也没让你思考啊。你只要照着我说的下注就成。你把那一百万日元交给那个黑衣服的小伙子,他就会帮你买跟我一样的马券。"

"请等一等。这么快就买?"

"是啊。现在不买什么时候买?下一场十二号、四号比较靠谱,然后我还在犹豫七号和九号。唔……不如最后就让你来选吧。"

"啊?"

"七号还是九号,这得由你来选。"

他根本无法选择。百万日元的赌注,三联单的最后一匹。赔率全都超过一百倍,中了就是一亿日元。但怎么可能会中呢?

"这也是种赌博啊。"百濑看着烦恼不已的一男,笑着说,"我就把赌注下在你这个能抽中三亿日元彩票的男人身上了。"

对啊,我中了三亿日元啊。

脑中猛然闪过"亿男"这个词。

他亲手抓住的运气,又亲手放走了。现在,他必须再次夺回自己的运气。

"……那就七号吧!"

话一出口,他心里就涌起无尽的恐惧。一想到自己有可能犯下了无法挽回的错误,他就忍不住要大吼"等等"。就在话到嘴边,马上就要说出来的瞬间,百濑似乎刻意打断了他,对黑西装的男人大叫一声:

"十二号、四号、七号的三联单!我和他,每人一百万!"

十分钟后。

眼前接连窜过十二号、四号、七号骏马。

仿佛是在做梦。世界上的一切都变成了慢动作,渐渐模糊起来。

"你是亿万富翁了!"百濑高喊着抱住一男的肩膀。

那个瞬间,仿佛整个世界都对上了焦点,成为现实,声音猛然鲜明起来。回过神时,一男发现自己正盯着电视屏幕浑身震颤。他仿佛感觉不到膝盖以下的身体,虚脱得几乎无法站立。

百濑兴奋地继续道:"别再想着找回被九十九偷走的三亿日元啦,把那一亿日元翻上三倍不就得了嘛!那样就两清啦!你现在正走着运呢。不仅走着运,还有我呢!咱们俩是最厉害的!"

"可是突然中了一亿日元……我有点混乱。该怎么感谢你才好……"

"是你赢了赌博。挺起胸来,而且接下来才是真正决一胜负的时候。还没结束呢,不是还差两亿吗?"

"话虽如此,但我不认为自己能一直赢下去。"

"你真是个蠢蛋,难道你真以为我是凭直觉买马券的吗?"

"难道不是吗?"

"当然不是啊!凭感觉怎么可能赌赢!"

"那你是凭什么?"

"计算。"

"计算？赛马不是基本上都靠巧合吗？"

"你还真是什么都不懂，赌博和赌赢根本是两码事儿。我可不是单纯地买马券，而是买能赢的马券，一味期待巧合怎么可能会赢？几乎所有赌博都一样，不计算就会输，所以只要收集好数据进行计算思考，胜率就会越来越高。"

百濑一口气说完，便走到了露台上。他俯视着下方看台上拥挤的人群，继续说道：

"可是，下面那群蠢货却被'赌博'给禁锢了思维，早就没有了'赌赢'的意识。他们停止了思考。赌博需要的既不是勇气也不是胆量，而是计算。"

一男惊呆了。这个粗鄙不逊的男人竟然在强调"计算"这个词。百濑似乎看出了他的想法，又继续道：

"你肯定觉得我这样子看起来不像在计算吧，我可是说真的。我跟九十九开始创业时，九十九的想法全是通过我的计算来实现的，所以那个公司才能发展到那样的地步。我们真是完美的组合。因此，天才的我可以很肯定地对你这样说。"

"说什么？"

"最后一场很稳固。"

"稳固？"

"没错，绝对有戏，这场绝对能赢。你只要照着我的话去买，就不可能输。"

"为什么你能如此断言呢？"

"那是因为啊，下一场有我的马。其实在目前这个级别上，我的马成绩就非常好。不过这次我故意让它参加了低一级的比赛，为的就是保证它绝对能赢。我的马赔率是三倍。虽然赔率很小，不过一口气把一亿日元押到单胜上，就能变成三亿日元了。本来这种事我绝对不能告诉你，就因为你是九十九的朋友，我才破例了。最后一场，赢得这场世纪之战，凭借自己的力量赢回那三亿日元吧。"

身体再次开始震颤。

事情不可能如此顺利。他已经赢了一亿日元，根本不可能再赢了,他必须就此打住。一男的理性在嘶吼。只是与此同时,他又感到下腹部涌起一股灼热的浪潮,让他几欲呕吐。

应该赌一把。他还有希望,下一场才是人生最大的赌博。

一口气赢得三亿日元,然后就能两清了。

下腹的热浪在嘶吼。想必那股热浪,就是人所谓的"欲望"吧。

"我知道了。那就把一亿日元都押上去吧。"

一男赌的是自己的"欲望"。他没有屈服,而是赌了一把。他想相信自己心中那股灼热的浪潮。

"好!就得这样嘛。"

百濑用力抓住一男的肩膀笑了起来,随后对黑西装男人大叫一声。

"喂!帮我和这小伙子买马券去。单胜十三号!每人一亿!"

"难得的世纪之战,咱们到最热闹的地方去看吧。"

百濑领着一男走出 VIP 室。

一男凝视着百濑在胭脂色地毯上大步向前迈动的巨大鞋子，忙不迭跟在后面。两人走进电梯，靠在墙上仰视上空。现在，自己在进行一亿日元的大赌博，但他迟迟无法感受到那种真实。意识变得断断续续，仿佛自己变成了水面上跳动的飞石。

"下界也有下界的好处哦。"百濑说着，把一男领到了挤满一般席位看客的美食街。"决战前先把肚子填饱。"说完，他点了一份二百五十日元，最便宜的清汤荞麦面。

炒面，四百五十日元。章鱼烧，四百日元。咖喱，四百日元。拉面，五百日元。

耀眼的屏幕上展示着各种食物和价格。

得到那些食物必须付出的金钱和一男刚刚押在马匹上的金钱并无不同。可是，无论他整理多少遍思绪，都无法将它们等同起来。

一男买了份章鱼烧，热量从塑料盒传递到掌心，他一点食欲都没有。因为极度紧张，虽然食物已经开始刺激唾液分泌，他的胃却罢工了。他刚刚把二十五万盒章鱼烧押在了一匹马身上。想到这里，他脑中瞬间闪过自己被章鱼烧掩埋致死的愚蠢画面。

两人并肩坐在挤满了人的美食街，百濑一言不发地吸溜荞麦面，一男挑起一个章鱼烧放进嘴里。味同嚼蜡。仿佛五感都被封锁，无法分辨食物的味道。他看了看四周，双眼射出精光的男人们坐在铺着赛马报纸的地上，如痴如醉地看着电视屏幕上的骏马。还有几个男人把折叠椅摆在屏幕前，全然不顾周围的人，进行着激烈的争论。所有人都赌上了自己那一点微薄的钱财，露骨地放纵着心中的"欲望"。

"喂，我说你啊。"百濑响亮地嚼着面条，对一男说，"知道钱分两个种类吗？"

"不知道。是什么种类，能告诉我吗？"

一男好不容易咽下没有滋味的章鱼烧，回答道。

"要保密哦。"

"好，我保密。"

"就是分成进来的钱和出去的钱。"

"那不是理所当然的吗?"

"没错,是理所当然。不过像你这种穷人,都把进来的钱和出去的钱区分开了。钱这种东西,只有把进来和出去组合起来才有意义,你们却没有那种意识。你和那边那些拿着赛马报纸的大叔都一样,根本不明白这个道理。应该说,根本不打算去弄明白。那种人一辈子都成不了有钱人。"

百濑一口气吸溜完剩下的面条,褐色汤汁伴随着恼人的声音飞溅在白色桌面上。

"不过有一个办法,能让你跟那边的大叔轻易变成有钱人。要我教你吗?"

"好,麻烦你了。"

"要保密哦。"

"好,我保密。"

"其实很简单,不花钱就赚不了钱。"

"那不是更加理所当然吗?"

"没错。不过像你们这种穷人呢,明明穷得很,却在路边看到一日元硬币都不屑捡起来。换作是我肯定会捡。刚才我捡钱的时候,你是不是用特鄙视的目光看了我一眼?不过我跟你说,嘲笑一日元的人有朝一日就会为了一日元而哭,这是真的。就像赛马仅凭几秒钟的差距决定胜负一样,有时候区区一日元就决定了胜利和失败,这我们是明白的。如果把它存起来,今后一旦遇上巨大的机会,届时多一日元就能多赚更多钱,难道不是吗?所以为了迎接那一天的到来,哪怕是一日元我也要捡起来。"

百濑飞快地说完,捧起面碗一口喝干了浓稠的褐色汤汁。

"在这个世界上有很多理所当然的事,也有很多理所当然的想法。可是如果想赢,就需要能够发现'理所当然'的眼光,然后理所当然地去做那些理所当然的事。只需这样基本就能一直赢下去,但这也是最困难的事。实际上,这个赛马场里没有一个能明白那种道理的人。他们都被自己的欲望或恐惧所桎梏,无法发现那些'理所当然'。所以啊,赌博这种事,只有懂得不轻视'理所当然'的人才会赢。"

赛马场上传来一阵锣鼓声。

原本待在室内的男人们齐刷刷地站起来，像被驱赶的羊群一般走向看台。

"走吧，时间到了。世纪对决。让我们融入红尘，享受赌博的乐趣吧。"

说着，百濑分开人群走向看台。所有人都用惊讶的目光看着突然从后面插进来的大个子，可是一看到他的表情，又都自动让开了道路。一男紧紧跟在有如《十诫》里的摩西那般勇往直前的百濑背后，来到了看台最前排。

眼前是一片宽阔的草地。近在咫尺观察这片草地，比从VIP室看到的更加鲜艳而充满生命力。室外吹着一阵略显寒冷，却很舒服的清风。

进入赛场的骏马们吐着白色的气息，朝起点小跑过去。看到它们优美的姿态，看台上发出一阵欢呼，举着长枪短炮的摄影师们纷纷按下快门。

"十三号来了。"百濑低声道。

"啊？什么？"一男问。

"白痴。你忘了吗？我的马啊。还能是什么。"

"是吗？原来是十三号啊。"

"对啊。骑手穿着带红星的决胜服，那就是我们命运的红星啊。"

十六匹骏马进入栏内，又是一阵锣鼓声。看台上顿时发出震耳欲聋的欢呼，紧接着是几秒钟的寂静。原本已经平息下去的"热潮"又随着一男的呼吸膨胀起来。

下一个瞬间，栏门开启，骏马一齐飞奔起来。

黑色的胴体在跑道上跃动。红、白、黄、紫、绿、蓝。骑手们的决胜服也随着漆黑的马身上下飞舞。

看台上发出一阵喧嚣。

七号马脱颖而出。

他不确定骑手是否还掌控着马匹，只见七号马如同逃命一般逐渐加速。转过第一个弯道时，已经有马匹落在最后了。

十三号。十三号。十三号。

一男心中默念着那个号码，目光紧紧追逐那颗红星。他的命运正在奋力狂奔，紧紧跟随在独自领先的七号马身后，第二梯队的最尾部。

一男凝视着那颗红星，心中感叹赛马真是个不可思议的东西。

无论赌上了多大一笔钱财，看着马匹在遥远的弯道飞奔时，总会让他觉得自己已经置身事外。但随着马匹转过一个又一个弯道，渐渐靠近终点时，他心中又涌出了事关自身的切实感觉。仿佛远远眺望的龙卷风即将在片刻之后席卷自身，在短短两分钟之内，那种遥远的实感就一跃进入自己的心中，搅乱了欲望和感情，最终卷走一切。

骏马转过了第四个弯道。距离终点只剩下五百米的直线，马群瞬间加速，他能听到骏马们痛苦的喘息。很快，看台上的吼声又盖过那些喘息，笼罩了全场。

呜哦哦哦哦哦。呜哦哦哦哦哦。

他无法忍住嘶吼。若不将腹部涌起的热浪化作吼声倾吐出来，他会陷入疯狂。

一路领先的七号马开始后退，被第二梯队吞没。随后，又有两匹马代替七号脱颖而出。身穿黄色决胜服的一号马，以及命运的红星，十三号。

"来啦!"百濑大吼。

"冲啊!"一男也大吼。

一号和十三号。

两匹马的骑手挥动着马鞭。马匹肌肉暴胀,不断提速。

呜哦哦哦哦哦。呜哦哦哦哦哦。

怪兽一般的怒吼再次震撼了赛场。两匹马争先恐后地冲向终点。

下一个瞬间,十三号马猛地一跃,红星不见了。

"糟糕!落马啦!"百濑大喊一声。

赛马场上瞬间响起排山倒海般的呼声,瞬间便盖过了他的声音,一号马冲过终点了。

待所有马匹都冲过终点后,在地上俯伏许久的红星骑手才摇摇晃晃地站起来,朝自己的马走去。失去了骑手的十三号马像迷路的孩子一样在草地上彷徨。

比赛结束后,一男在站台上呆立了很久。

就像高温融化的金属液体冷却凝固,他的身体动弹不得。

"有时也会发生计算无法掌控的事态。"百濑对一男说,"就像这个世界一样。天变地异是无法预测的,动物也会发生计算外的事情。既然人和马都是动物,就必定会犯错,并且永远无法控制。"

一亿日元就这么一眨眼消失了,你还说得出这么不负责任的话,一男不禁想。可尽管如此,他还是没有感到愤怒。正如百濑所说,他考验了自己的财运,最终只是得到了财运不佳这个极其自然的结论而已。

"我很同情你,但这就是赛马,这就是赌博,只是一切都回到了起点而已。不过在此之前还有另外一个问题……"

"……在此之前还有什么问题?"

"今天的马券。"

"马券吗?"

"今天我从头到尾都没给你买一毛钱马券。"

"啊?"

我不懂他的意思。

这个人，到底在，说什么。

一男脑中疯狂旋转着同样的话语。那些言语就像漫画的对话框一样形成了文字浮现出来，但他就是无法说出口。

"也就是说，你今天一整天都没买过马券。啊，顺带一提，我自己可是买了的。只有你的马券，我事先跟黑衣服的小哥们说好了，叫他们别给你买。所以刚才买万马券中了一亿日元的比赛，以及把那一亿日元押到单胜上输掉的比赛，你都没有买马券，所有钱都只在你脑子里过了一遍而已。"

怎么回事？这人到底想对我做什么？他为什么要做这种事？简直不知所云。

百濑看着无言以对的一男，平淡地继续道：

"你肯定在想，为什么我这么过分吧。不过你在寻找'金钱和幸福的答案'，所以我就用自己的方式把答案告诉你了。你到这里来之前，跟现在的你并没有任何变化。只是在你脑中，一百万日元变成了一亿，然后又变成了零，那只是发生在你脑子里的事儿。不过所谓的

'金钱和幸福'也就是那种玩意儿,根本不存在实体。今天在你脑中流动的金钱,和实际的金钱根本没什么区别。"

赛马场背后的马主专用停车场中,缓缓开出一辆加长豪车。

一男与百濑面对面坐在后座上,呆滞地凝视着单向玻璃窗外的风景。百濑提议要把一男送回家,一男心不在焉地答应了,所以才会出现在这里。

"……过去不是有个卡车司机在繁华街区的小巷子里捡到一亿日元吗?"

百濑突然说。

"我好像听说过那个新闻……"

一男无力地回答。

"都成了这么大的新闻,那笔钱的正主到最后都没现身。你觉得是为什么?"

"应该是一笔不太好的钱吧,黑钱或逃税之类的?"

"不,我可不这么认为。"

"那是为什么?"

"我觉得是正主本来就想扔掉那笔钱。在我看来,这个世界上真的存在恨不得把钱扔掉的人。"

"我没见过那样的人。"

"有哦。"

"啊?"

"因为我就是。"

豪车突然鸣了一下笛。

从赛马场出来的人们甚至挤满了机动车道。

听到鸣笛声,人们好不容易空出一条路来,豪车沿着那条狭窄的缝隙在人群间穿行。透过车窗,他看到那些人像僵尸一样用毫无生气的眼睛看着豪车。一男看了一眼百濑,突然感到毛骨悚然。因为百濑的目光跟窗外的人们别无二致。

"卖掉跟九十九一起壮大的公司,我们每人都分到了十几亿日元。可是从那以后,我就再也提不起任何干劲,每天都用赛马和柏青哥来打发时间,总之就想利用赌博把那笔巨款一口气花完。但十分可悲的是,我对赌博这种事天赋异禀。与其说是天赋，可能只是我的计算和赌博这种事正好合得来。总之，我赌博本来是为了花钱，结果越赌赚得越多。不是有个故事是讲弥达斯王的点金手嘛，那个国王碰到什么东西都会变成黄金。我觉得我就像是那个国王……"

豪车穿过灯火辉煌的城市，透过车窗能看到路旁的人们都对这辆形状奇特的车投来好奇的目光。

"结果，钱越来越多，那些根本不认识的亲戚朋友和女人都聚到我身边来了。那简直太悲惨了。我渐渐觉得来找我的人都是为了钱。本来应该拥有真正的友谊，我却害怕遭到友谊的背叛；本来应该拥有真正的爱情，我却开始认为那女人是为了图我的钱。最后我失去了朋友，也没办法谈恋爱了，连老爸老妈都生病去世了。我自己也病倒过三次，经历了大手术。虽然我觉得那跟钱没有必然联系，可我总觉得，上天不允许一个人得到一切，那一定是天上的神仙夺走了老爸老妈的生命，总有一天连我的小命也要带走，就是为了算平那笔账。"

百濑长叹一声：

"我认为啊,人类是为了欲望而工作的生物。为了得到他们认为金钱能够换取的愉悦,就拼命追逐金钱。可是,金钱带来的愉悦绝不可能一直持续下去。在这条路尽头等待我们的只有恐惧。有钱人之所以有钱,是因为害怕。有钱人无非只是想用金钱来打消失去金钱的恐惧,所以他们才会一个劲儿赚钱,怎么赚都没够。但他们总有一天会发现,自己越有钱,那种恐惧就越强烈。所以我认为,丢弃一亿日元的人一定是无法忍耐那种恐惧了,他一定打从心底里想扔掉那笔钱。"

"财富就像海水,越喝越渴。"
毕生都在思考"幸福"的哲学家叔本华说过这样一句话。
一男看着眼前的百濑,想象他独自在无边无际的大海上漂流的情景。眼前是一片无穷尽的水,却越喝越渴,最终让他失去了性命。

豪车行驶了一个小时左右,来到一男工作的面包工厂。

黑色锃亮的豪车停在面包工厂那死气沉沉的银色墙壁前。察觉到这个明显异常的状况,有几个员工从工厂里走了出来。他们远远地看着豪车,发现下来的竟是一男,齐齐换上了惊讶的表情。可是,当百濑也走下车之后,他们又齐刷刷地转开目光,快步回到了工厂里。

"今天谢谢你了。"

一男颔首道。

"希望你能找到九十九吧。虽然出了那三亿日元的事,但他以前不是你的挚友吗?那就更应该找到他了。其实我也被九十九拯救过。进入公司前,无论是谁看到我这幅样子都觉得我是个讨人厌的怪人,还刻意回避我。只有九十九把赌注押在了我身上。我问他:'为什么选我?'九十九说:'凭直觉啊。信任一个人的时候不应该存在算计。信任这种东西既不切实也不合理。经常会被骗,也经常会出现偏差。可是,我想相信你,想把赌注押在你身上。这种心情只能称之为直觉了。'说完,他还露出了难得一见的笑容,所以为了让九十九赢得他的赌注，我特别努力。在金钱方面，我拼命学习，但求比别人都早一步发现理所当然的事，比别人都早一步做到理所当然的事。可是，九十九跟我其实是一样的。就算把钱扔在一边不管也会自己增值，最后他身边的人倒是比他先陷入了疯狂。九十九现在的财产应该有百亿日元以上，所以他应该对你的三亿日元根本不感兴趣。我想相信他，想认为这其中一定有什么理由。"

"我也想相信他。可是他没有联系我，我也不知道他在哪里。"

一男只觉得眼前的道路一条接一条地被封锁了。十和子和百濑都不知道九十九在哪儿，当然也不知道那三亿日元的去向。

剩下的道路只有一条，只有一个人。

最后的人。

"接下来你要去见千住，对吧？"百濑仿佛看穿了一男的想法。"虽然我挺讨厌他的，不过那家伙可能真的知道些什么。因为他是九十九最好的朋友。"

最好的朋友。

听到那个形容，一男仿佛受到了伤害。但他转念又想，正因为如此，自己才更要去见见他。最后的道路，这个叫千住的男人。

"你肯定对赌博这个词没什么好印象吧。不过我倒是很喜欢。"百濑离开前笑着对他说，"毕竟，为一个东西赌博，就是信任那个东西啊，你不觉得那很美好吗？所以我打算在你身上赌一把，我赌你能找到九十九。这并非我的计算，而是直觉。现在，我决定靠直觉赌一把。"

赢得这场赌博，百濑能得到什么呢？一男不是很清楚。

只有一点是清楚的，他能得到的，必然不是金钱。

一男回过神来，发现离开赛马场后一直萦绕在耳边的怪兽咆哮，如今已经消失了。

千住的罪孽

巴黎的夏尔·戴高乐机场。一男和九十九背负着沉重的背包,冲向最角落的入口。

"来不及了!快点啊九十九!"一男大叫。

"一、一男君。我、我不行了。"九十九虚弱地说。

由于气流影响,飞机晚点了,现在离下一班航班的出发时间只剩下十分钟。

一男奔跑着,九十九也奔跑着。他们冲进登机门,交出登机牌,进入机舱,一路小跑穿过小型机的通道,气喘吁吁地找到自己的座位。还没来得及系紧安全带,飞机就像已经等得不耐烦似的动了起来。九十九瞪大眼睛,张着嘴发起呆来。看到他那个样子,一男忍不住笑了起来。看到一男的笑容,九十九似乎总算安下心来,很快也跟着笑出了声。

到达摩洛哥第一大城市卡萨布兰卡的穆罕默德五世国际机场要三小时。他们还要在那里再次转机,然后才能最终到达毕业旅行的目的地——马拉喀什。此时,距离他们从日本出发已经过了二十三个小时。

两人旅行的契机是一部电影。

毕业前夕收拾落语研究会活动室的时候,他们偶然发现了一盒录像带。仿佛得到了命运的指引,一男和九十九在狭窄的活动室里看了那部电影。

"游客在到达时或许会开始考虑回程,而旅人有时却再也不会回来。"

电影以这样一句话作为开篇。

一对生活富足的夫妻从纽约来到这个沙漠之城。刚到码头,妻子就说:"你只是个单纯的游客,而我同时也是个旅人。"

曾经相爱的两人在十年的婚姻生活后,关系已经彻底冷淡下来。从摩洛哥的城镇一路走向撒哈拉沙漠,两人为了寻回曾经的羁绊踏上旅程。可是就在途中,丈夫罹病身亡。随着丈夫的死,妻子也消失在了沙漠中。

最后,被当局从沙漠里搜救出来的妻子自言自语般说道:"我失去了一切。"她失去了行李、金钱、丈夫,甚至再也没有了做人的意义。结局是失去一切的妻子再次回到他们当初出发的酒店,酒店里一位老人的话成了电影最后的台词。

"人们无法预知自己的死亡，一心认定人生犹如无穷尽的泉水。但实际上，所有事情发生的次数都非常有限。认为左右了自己人生的回忆，还能在心中记起多少次呢？顶多四五次吧。还能再眺望多少次满月呢？顶多二十次吧。可是，人们却一心认定，那样的机会是无穷无尽的。"

那是一部不可思议的电影，全程都萦绕着强烈的倦怠感，让人无法移开目光。电影画面中出现的摩洛哥城市风景和撒哈拉沙漠，令人在赞美其无尽的美丽时，又有种无尽的绝望。在广阔的沙漠中，无论多么发达的文明都会失去所有意义。当然，金钱也派不上任何用场。可是，人类却毫无知觉地在文明中度过每一天，完全无法意识到自己顶多只能再看二十次满月。

电影结束后，九十九兴奋不已。

原本只对卓别林和比利·怀尔德这种古典电影感兴趣的九十九却彻底被这部作品吸引了，他似乎不由自主地爱上了摩洛哥。随后，由于九十九前所未有的热心提议，两人决定到摩洛哥旅游，也就是所谓的毕业旅行。

一男独自去过几次东南亚（都是泰国和新加坡这样面向旅游新手的国家），九十九则从未出过国。经常旅游的朋友劝告他们说："这样危险会翻倍的。"但两人还是毫不犹豫地出发了。他们坚信，一男和九十九加起来就是一百，就是完美。

两人在马拉喀什的迈纳拉机场花三十迪拉姆（大概三百日元）坐上大巴。车窗外，夜晚的马拉喀什惊人地黑。墨色浓重，这种形容应该比较确切。仿佛涂抹了好几层黑色颜料的暗夜。

大巴在永无止境的黑暗中行驶，每隔几分钟就会出现一条分岔路。大巴时而右转，时而左转，可不管转到哪个方向，前方的道路都包裹在浓重的黑暗中。

三十分钟过去了，正当一男开始怀疑他们是不是永远无法摆脱这片黑暗时，道路前方出现了一点模糊的光芒。十分钟后，巴士来到被称为德吉玛的大广场。在无尽黑暗笼罩的世界中，只有那里被无数灯泡照得灯火辉煌。在阿拉伯语中意味着"死者集会"的那个广场上徘徊着无数身影，仿佛聚集在捕蛾灯前的虫豸。

一男兴奋地看向旁边的九十九。九十九那双黑猫似的眼睛一动不动地注视着广场。想必他在害怕吧。这也不怪他，毕竟是头一次出国。

"别担心。我们走吧。"一男叫了他一声，九十九依旧注视着前方，轻轻点了点头。

两人跃入灯火之中。

广场上挤满了各式摊点，从干果、橙汁，再到煮蜗牛、烤羊脑，人们叫卖着花样繁多的商品。每个小摊前都挤满了人，彼此紧挨着享用自己的美食。

广场中央聚集着街头艺人、舞女、歌手、小剧团、画家、演讲者，甚至舞蛇人，各自用技艺吸引周围的观众。每个人面前都聚集了一定量的人群，不时响起此起彼伏的掌声和欢呼。

"你们，日本人？"

突然有人用蹩脚的日语跟他们搭话。转身一看，只见一名摩洛哥男孩正对一男和九十九露出可爱的笑容。

他大概只有六岁吧。身上虽然脏兮兮的,却有着纤瘦的身体和漂亮的面孔。

"酒店,找好了?我,能带路。好酒店,跟我来。"说着,男孩转了过去,对他们招招手,"别担心,日本人,我喜欢,小孩子不要钱。"

这是怎么回事?

刚到达摩洛哥就遇到难题的一男不禁心生困惑。

"应、应该没问题吧。"九十九在旁边说,"好像还不要钱。"

"是啊。反正我们还没找好住的地方,干脆去看看吧。"

"嗯。反、反正他还是个孩子,应该不是坏人。"

男孩领着他们穿行在高墙间宛如迷宫的道路上。这里的路四通八达,全都曲折复杂。越是远离灯火辉煌的德吉玛广场,道路就变得越狭窄,黑暗也更深邃。路旁不时出现双眼散发着光芒的野狗和流浪汉,他们都低声呢喃着分辨不清的话语,目不转睛地看着一男二人。男孩一路小跑地走在前面。如果被扔在这里,他们就再也回不去了。一男和九十九加快脚步追逐男孩的背影。男孩不时回过身来，反复对他们说"别担心，别担心"。他们究竟会被带到什么地方呢？一男已经后悔刚才轻易做出的决定，但现在除了跟在男孩身后之外别无选择。

他们被忽前忽后忽左忽右地领着走了二十分钟，由于不安和混乱，两个人的感知快要开始麻木了。此时少年在一扇老旧的木门前停下了脚步。"这里，酒店。"说着，他抬起大铁环敲了敲门。里面的人似乎等待已久，马上探出头来，歪了歪头示意他们"进来"。一男和九十九对视了一眼，正要走进去，却见男孩皱起小眉毛，两眼含泪地伸出双手。紧接着又用与刚才判若两人的悲伤语调，不断重复"baksheesh（小费）"。他那个样子好像在管他们要东西，只是脸上的表情实在过于逼真。那是仿佛早已重复过千百遍，已经模式化的表情。

"Give him some money.（给他点钱。）"旅馆的男人用流畅的英语说。

得到旅馆男人的声援，男孩更加起劲地说："Baksheesh, only ten dirham.（小费，只要十迪拉姆。）"

果然是要那个吗？一男心想。他曾经在东南亚体验过好几次这种手段，男孩从一开始就不打算白给他们带路。志愿服务是有钱人才干的事。这可是他们正经的赚钱方法，对这个国家的孩子们来说，就像去便利店和快餐店打工一样正常。拒绝没有任何意义，一男默不作声地从钱包（旅行专用的挂脖式钱包）里拿出十迪拉姆硬币。

九十九突然抓住一男的手。

"没、没必要给他钱。他刚才都说不、不要钱了。"

"不过他给我们带路了呀，没办法。"

"那、那可不对啊一男君。"尽管九十九依旧低着头，却语气强硬地继续道，"我、我并不是舍不得钱，区区一百日元的钱而已，可是他刚才确实说过'不要钱'啊。"

听到九十九的话，男孩气哼哼地打开门走了进去。一男担心被丢下，赶紧跟了上去，少年突然面目狰狞地拽住一男的衣服，那股力气让人难以相信这只是个男孩。只见他恶狠狠地盯着一男，大骂一句："Fuck you!"

那张小脸狰狞得仿若刚才在小巷子里看到的野狗。面对如此剧变，一男不由得害怕起来。他甩开男孩，逃也似的跑进旅馆，紧紧关上大门。旅馆男人无奈地耸耸肩，看着一男和九十九。

那天晚上一男没有睡着，可能是时差关系。可是脑中却不断回放那个男孩的表情。"Fuck you"的嘶吼在耳边萦绕不散。其实只要花个一百日元就不用体验那种感觉，为什么九十九当时非要断言"不用给他钱"不可呢？一男想询问他的真实想法，却发现九十九在旁边的床上发出响亮的鼾声熟睡着。他在飞机上一觉都没睡。

刺耳的鹦鹉叫声惊醒了一男和九十九。他们走到门外，齐齐屏住了呼吸。昨晚因为太黑，两人都没发现，这个旅馆竟有个利雅得风格的阿拉伯中庭，充当天井的中庭周围环绕着一圈房间。种满了爬墙虎和各色花草的中庭上空是蔚蓝的天空，看到那深邃的蔚蓝，一男终于有了来到摩洛哥的实感。

一男和九十九坐在遥望德吉玛广场的中庭屋顶，喝了一壶甘甜的薄荷茶。朝阳映照下的马拉喀什一反昨夜阴郁的气氛,到处都开阔明亮,唤起了一男心中早已沉寂的乐观感情。两人对着地图商量了一会儿,决定先到集市去逛逛。

集市的道路比市区更加狭窄曲折。

银饰、木质工艺品、皮革工艺品和丝绸。同类商品的店铺都在集市上挤成一团。再往里走,他们又发现了马赛克瓷砖、波斯地毯、拖鞋和香料等富有摩洛哥风情的店铺,所有店铺里的商品都从墙壁一直堆到了天花板。一男不禁想,有这么多东西,卖的人和买的人真能消化得完吗?眼前的商品数量着实让他吃了一惊。

周围弥漫着热浪,空气中混杂着动物和植物的气味,两人仿佛漫步其上。手中的地图已经没有任何意义。他们就像迷宫里的孩子一样,一个劲儿地迷失方向,偶尔还会回到刚刚来过的地方。

集市最里面排列着贩卖陶器的商店,再往里走有一间小小的店铺。大小只有七平米左右的小店,门面比别的店铺都要狭窄肮脏，可是正是这家店的样子把他们吸引了过去。昏暗的陶器店里坐着一个上年纪的小个子男人，满脸胡须，衣衫褴褛，简陋不堪。他坐在一张小小的椅子上，正在弹奏一把两弦琴。区区两根琴弦弹奏出的旋律虽然简单，却拥有让人仿佛置身异境的魅力。

一男和九十九被乐声吸引到店中。两人刚走进去，老板就静静地站起来点亮了电灯，乳白色的光芒弥漫在室内。

一男不禁屏住了呼吸。店内一反门面的肮脏，到处都一尘不染，整齐地码放着靛蓝、深紫和淡绿的鲜艳器皿和茶具。由于实在过于寂静，他不由自主地看向旁边，发现九十九也跟自己一样失去了表达能力。

他此前根本没对陶器产生过任何兴趣，此时却打从心底里想拥有这些器皿和茶具。尽管两人没有交谈，但他知道九十九心里一定也有同样的想法。一男对比了几样陶器后，选择了一只白底靛蓝花纹，价格在一千日元上下的盘子。

那边的九十九则忙着死皮赖脸地跟老板砍价（他选

择的陶器都超过了一万日元）。九十九选中一只盘子，开始与老板交涉，老板告诉他不可能那么优惠，又从里面拿出了另一只盘子，问他这个怎么样。新拿出来的盘子也很漂亮，结果九十九要买的东西越来越多了。每当他选中其中一个开始砍价，老板又会拿出一只新的，以将其一并购买为前提与他交涉。那副光景就像牢牢吸引了看客目光的网球拉锯战，而且是一场双方都能够理解物品真正价值的完美拉锯战。

　　九十九忘我地与老板交涉着，转眼便过去了几个小时。店外的天色开始变黑，一男在感觉到黑暗的那个瞬间，体内突然涌起一股寒意，那股寒意仿佛预兆着一场高烧。是因为昨天在小摊上吃的东西，还是因为水土不服疲劳过度呢？应该不太可能，一定是时差问题而已，只要回旅馆稍事休息就能好转了。他心里虽然这样想，身体却控制不住地颤抖。上半身的寒意迅速弥漫到下半身，整个人开始剧烈抖动。最后一男实在站不住，当场瘫倒在地。

　　"一、一男君！你怎么了？没事吧？"

九十九惊觉异常,焦急地问。

一男想说自己没事,但身体的颤抖迟迟无法平息,声音也发不出来,只能无力地轻哼一声。

"我、我去叫医生!"

九十九冲出店外。一男模糊的视线看到九十九越跑越远。就在此时,他突然感到强烈的不安。他想说:"九十九,别走。"但干渴的喉咙像是被什么东西堵住了,一点声音都发不出来。随着九十九身影的消失,街头那台大型扩音器发出震耳欲聋的粗哑男声,仿佛在唱诵咒语。害怕,害怕,害怕。仿佛为了将那难以忍受的恐惧隔绝在外,一男失去了意识。

他睡了多久呢?

睁开眼,他发现自己躺在铺着柔软床单的床上。上方是一个覆盖帷幕的顶棚,蕾丝织物覆盖了整张木床,就像油画上描绘的波斯大床一般。高烧好像已经退了,他已经感觉不到寒意和头痛。可是当他试图坐起身时,却发现身体沉重得如同铅块。只有这种沉重,证明了自己刚刚发过高烧。

这是哪里？

一男下了床，拖着沉重的脚步走到窗边，随后呻吟一声，瞪大了眼睛。

窗外是一片广袤的沙漠。

到处都是无边无际的黄沙。

一男跑到屋外。狭长的走廊上铺着深红色的波斯地毯，走廊两侧排列着八扇房门。他沿着走廊来到门口，走了出去。

一男所在的地方，是能俯瞰沙漠的豪宅。

门前拴着数十头骆驼和马匹，周围种满了椰子树，这里是一片环绕在水边的绿地。

陶器店老板走到还在为那梦幻般的光景发呆的一男身边。他穿着深蓝色的绸缎衣物，头上还包着雪白的头巾，双手和脖子上戴着各式各样的黄金和宝石饰品。一眼便能看出他是个大富豪，与集市上那个陶器店主判若两人。

老板身后跟着一个高个子男人（可能是侍从），男人手上还端着一只放着银杯的托盘。一男接受老板的好意，一口气喝干了刚榨出来的柳橙汁，新鲜柳橙的酸甜香气窜过鼻腔。补充了水分和糖分，身体似乎轻松了许多。

"……谢谢你。请问这是哪里？"

一男用蹩脚的英语问了一句，老板笑着指了指房子，又把那只手收回来按在胸前。想必他的意思是说这里是他家吧。随后，老板又用蹩脚的英语和手势向一男解释了他来到这里的过程。

昨夜九十九跑出店外后迟迟没有回来。在此期间，一男的高烧越来越严重。老板认为这样下去会有危险，就用包裹陶器的毛巾将一男裹了起来，放到车子的货台上。他把一男带回这个沙漠中的宅邸，把他放在床上休息，又让家庭医生开了些退烧药。

老板说明天会到集市去开店，可以顺便把一男送回马拉喀什。只要回到马拉喀什的旅馆，就一定能找到九十九。"如果你们是挚友的话。"老板补充道。随后，在日落前的几个小时里，一男跟老板一起骑着骆驼在沙漠中闲逛,又在绿洲的水面上划了划小船。

到了晚上,一男坐在可以眺望月夜沙漠的露台上吃着晚餐,听陶器店老板讲述各种不可思议的人生故事。

老板出生在贫困家庭,可是他生来就具有异于常人的才能:制作美丽端正的陶器。很快,他就开始制作器皿和茶具,拿到集市上的店里寄卖。他制作的陶器大受好评,因此卖得非常好。

几年后,他用赚来的钱在集市最深处的角落里开了自己的陶器店。他就坐在那间昏暗的小店里,穿着破烂的衣服,顶着肮脏的面孔卖起了陶器。他制作的陶器比其他店里的东西都好看耐用,就连像一男他们这样偶然走进店中的人,也会迅速喜欢上他制作的东西。只要是进店的人,都会买走一两样商品。十几年来,他把用陶土制造的器皿一点点换成了大笔金钱。他娶到了美丽的妻子,生了七个子女,买下一片能够遥望宽广沙漠的绿洲,在上面建了一所大房子。

尽管他已经腰缠万贯,却没有改变自己的工作方法。

依旧每天深夜起来制作陶器,太阳升起后换上脏兮兮的"制服"出发到城里,将陶器运到集市最深处的小店中码放整齐,然后弹奏着乐器等待客人上门。客人进来后,他就给出一定的折扣,想尽办法让他多买一些。

"为什么没有扩张店铺呢?"一男问。

"因为没有必要。"老板回答,"没有必要,同时,这也是让我的东西卖得最好的方法。"

他并没有扩张店铺,也没有夸耀自己奢华的生活,而是隐居在沙漠中,一如往常把自己装扮得邋邋遢遢,一如往常地在狭窄的店铺里工作。他坚信这是让生意持久的最好选择。只要能够控制自己的虚荣心和欲望,那就能让"富裕幸福的生活"一直持续下去。

"人们都会尊重富有之人,将他们定义为伟人。"

经济学之父亚当·斯密曾经这样说过。

陶器店老板认为这句话是真理,同时也假定其存在"后续"。

"人们都会尊重富有之人,将他们定义为伟人。可是,人一旦成为伟人,幸福就不再长久。"所以,虽然他成了"富有之人",却没有选择成为一个"伟人"。换句话说,他选择了享受长久的幸福。

那天晚上,一男迟迟无法入睡。

九十九怎么样了呢。他一定很不安,很害怕吧。他一个人在那座城市里,一定会感到走投无路。不过现在他也无能为力,甚至无法联系到他。

他在床上辗转了三个小时,当月亮升到最高处时,他突然听到远处传来敲门声。几秒钟后,走廊传来一串脚步声。那个脚步声停在一男房门前,门被打开了。是九十九。他一定花了很长时间到处找他吧,只见他的脸被晒得黝黑,衣服也沾满了尘土。

九十九走进房间,一口气向他讲述了自己找到这里的过程。虽然他的话听起来凌乱而缺乏重点,但一男明白,这对他来说一定是场赌上性命的大冒险。

看着九十九的脸,他的泪水突然涌了出来。

可是先哭出来的却是九十九。

"对、对不起,一男君。你一定很不安,很害怕吧。

当时我不该把一男君扔在那里自己出去找医生，我一直都在后悔。要是我一开始不说想去摩洛哥，就不会发生这种事了。对、对不起，一男君。对不起……对不起……"

九十九哽咽得说不出话来，一个劲地抽泣着，最后干脆埋头大哭起来。一男静静地走到九十九身边，紧紧抱住了他。

当时，九十九为什么会哭得那么厉害？

在后来的很长一段时间里，一男都无法理解。

可是，他现在似乎理解了。

"游客在到达时或许会开始考虑回程，而旅人有时却再也不会回来。"

电影的台词在脑中闪过。

在摩洛哥之旅中，一男只是一名游客，而九十九则是旅人。对一男来说可以无限眺望的明月，对九十九来说却是最后一次看到的月光。

九十九已经下定了绝不回头的决心。

在那次旅途中，九十九早已决定与一男告别。

"金钱是君临整个世界的神。"

英国神学家托马斯·富勒曾经说过。

在金钱面前,所有人都要低头膜拜。如果存在全世界共通的神明,那或许就是金钱。

一男心里默念着那句话,遥望舞台上那个叫千住的男人。

曾经与九十九以挚友相称的男人,能帮助他找到消失的三亿日元的,最后的人。

"你现在幸福吗?健康吗?感受到成功了吗?拥有足够实现这些目标的金钱吗?"

闪耀着光泽的黑色西装,里面穿着黄色高领毛衣,双手带着金色念珠手链,头戴夸张的麦克风。紧接着,千住又刻意往话里穿插着做作的停顿,继续说道:

"我现在……就向各位揭开……金钱与幸福的答案吧。"

一男坐在整齐摆放着的一排排折叠椅的最后方,眺望着千住的身影。

市中心的商务区。坐落于其中一隅的楼房第八层,白色墙壁装点出了无生气的空间。明明是大白天，正方形的窗户却被拉上了百叶窗，只有荧光灯凸显出这个空间的冷漠。

一男面前端坐着一百多名男女，都在认真倾听着千住的话。男女比例各占一半，年龄大多在三十到五十岁之间。千住背后悬挂着"百万富翁新世界"的招牌，左右的画框里装饰着本杰明·富兰克林（一百美元钞票上的人物）和福泽谕吉（一万日元钞票上的人物）。在这儿，那两幅肖像画明显格格不入，配合着响彻会场的壮美旋律（可能是某个爱尔兰裔著名女歌手的曲子），更是让一男感到浑身不自在。

与百濑告别后，一男尝试与千住取得联系。

他整整打了两天电话，千住都没有接。最后一男实在没办法，只好在网上搜索千住的名字。他很快就找到了他的联系地址，因为他在东京都内创建了一个叫"百万富翁新世界"的财富研讨会，并定期举办集会。

官方网站上刊登着千住的大幅海报。黑西装，黄色高领毛衣,长发用散发光泽的发胶梳成大背头,脸上挂着函购推销员一样夸张的笑容,对着镜头伸出手。点击照片,页面就转向了"百万富翁导师"千住的介绍资料。

千住大学退学后,在南美大陆四处流浪,期间在世界最南端的城市乌斯怀亚遇到了"神明"。他从神明那里得到了"金钱与幸福的答案"后,马上回国创业。他的创业生涯"像梦境一般顺利",转眼间就成了亿万富翁。其后,转让公司获得巨额资产的千住退出商界。为了将神传授给他的"金钱与幸福的答案"告诉更多人,他开办了这个"百万富翁新世界"。

字里行间全是恶俗的赞美之词,像过于鲜艳的假花般怪异。"有钱人的快乐是用穷人的眼泪换来的。"他突然想起以前看过的一本富人撰写的书籍。这个无论怎么看都极其可疑的团体竟拥有大量会员,并从中获取了高额收益,简直令人难以置信。不过这个世界上一定也有人认为假花比真花更好看吧。永不枯萎,永不腐朽。没有任何损失的世界。就算那是个谎言构筑的世界,依旧有人对其无限憧憬,无限渴望。正因为如此,无论在哪个时代，都会不断涌现千住那样的人。

一男试图通过官方网站与千住取得联系。

他想知道关于九十九的事情，希望能与千住见面。他把自己的意愿写进邮件里发送出去，给他回信的却是事务所的职员，而且还向他推销了千住的课程。邮件里居高临下地反复提及参加费两万日元。本来五天的课程需要价值八十万日元，不过初次参加者可以享受特殊优惠。一眼就能看出内容几乎是复制粘贴而成的邮件中，反复出现了"金钱和幸福的答案"这样的字眼。那天，在摩洛哥的沙漠里，九十九对一男也说了相同的话。每当看到这个字眼，一男都愈发确信千住跟九十九关系十分亲近。于是，今天他终于决定要来参加这个"课程"。

"拼死拼活学习，名牌大学毕业，找个好工作就能有钱……那是真的吗？"

会场一片死寂。千住对着一百多名会员朗声道：

"答案当然是NO。那个时代早就结束了,如今能成为有钱人的,已经不是那种按照既定线路走过来的人。那怎么才能变成有钱人呢……学校跟父母会教那种方法吗?"

参加者一动不动,沉默不语地看着千住。

千住扫视着台下的目光,继续用那种时断时续的方式说道:

"……答案当然是NO。学校不会告诉我们金钱的本质,父母也不会告诉我们。理由很简单,因为他们都不了解金钱。如果当今教育真的能传授正确的金钱概念,那银行职员就都是有钱人了,国家就再也不会陷入财政困难了。就算考到会计师资格证,读了MBA,结果都一样。如果按照既有的规则学习金钱,在这个世界上绝不可能成为有钱人,那么,究竟要找谁去请教金钱的本质呢?"

一男盯着千住。笑容,整齐洁白的牙齿,充满自信的表情,可是他的眼神深处却潜伏着无尽的黑暗。就像那个坐在水泥地板上的九十九,眼神里是无底深渊。

"答案很明显。金钱的本质只有掌握了金钱的人才知道,因为只有他们才得出了真正的答案。尽管如此,跑去看他们写的书却没有任何作用,因为那都是'已死的教诲'。在他们将那些东西著成书籍,与千万人共享的那一刻,就已经不再是能够引导你走上正确道路的教诲了。因为世界的规则已经改变。"

从最后一排可以看到,观众们的注意力在极短的时间内就被吸引了。有点可疑,可能会被骗,所有人在进入会场时都难免抱有或多或少的担心和疑虑。可是现在,欲望却犹如幽灵般跳脱了迷蒙的内心,被千住吸引了。

"在座各位无法成为有钱人的道理很简单,一切都是出于无知。'每诞生一个有钱人,都需要五百个穷人作为支撑。'这是亚当·斯密曾说过的话。没错,这个世界本来就是不公平的。也有人说'穷人比富人更幸福',不过那种诱使穷人永远保持停止思考状态的人,无一例外都是有钱人。那些大肆宣扬'金钱并不代表一切'的人,绝对都拥有大笔财富。"

千住继续煽动着人们的情绪,已经有参加者开始往笔记本上做记录。一个人开始记笔记,周围的人也纷纷拿起笔来有样学样。就像推倒多米诺骨牌,或瘟疫扩散一样,一传十,十传百,不到五分钟,整个会场几乎所有人都专注地记录起来。

"无知即是恶魔。各位都需要全新的'金钱与幸福的答案'。若不能找到那个答案,你们就会像自己的老师和双亲那样重复同样的错误。永远无法想到新的道路,永远生活在贫困之中。首先,请你们了解金钱的本质。若不了解那个本质,你们就要一辈子为企业老板打工,为缴纳税金工作,为返还银行贷款像蚂蚁一样劳动。在人生最快乐的时期,却要主动放弃幸福的人生,为了那些自己无法享用的钱财不停工作。那跟奴隶没有区别,各位有必要尽快摆脱这种奴隶状态。"

这就是九十九的挚友吗?这个蔑视穷人,俨然把自己当成金钱教祖般手舞足蹈的人,真的是曾经与九十九共同奋斗的人吗?

"各位。别再怪罪教育和政治了好吗?问题都在你们自己身上。你们不改变自己,就无法实现任何改变。金钱不会改变,教师、政治家、国家都不会改变,改变自己相比起来要容易得多。从现在起,跟我一起寻找'金钱与幸福的答案'吧!"

千住一口气说完,给全体参加者都发了一张白纸。看准纸张送达全员的时机,千住缓缓说道:

"假设拥有无限钱财……你会怎么办?要得到什么?什么都行,任何东西都可以,没有限制。发挥你最大的想象力……把所有想法写在纸上吧,时限为三分钟。"

会场的音乐进入高潮部分。在荧光灯的照耀下,参加者们在旋律的催促下齐齐拿起笔来。一男惊讶地看着眼前这个犹如大学考试现场的光景,也同样在纸上写了起来。

还清债务。家庭幸福。海外旅行。健康长寿。

他在纸上写着,却没有任何实际感觉。想要的东西,想做的事情,想去的地方。这些真的是自己所期望的吗?一男实在不知如何是好,便偷偷看了一眼左边的中年男性和右边的老年女性写的内容。

环游世界。大房子。幸福的家庭。

这就是他瞥到的文字碎片。

他感到胸口一阵苦闷,苦闷很快又成了哀伤。

在场所有人,或许都会写下同样的答案吧。他们全都为了同样迷茫的梦想和欲望而追求金钱。

"尽量详细写出你们想要的东西,想做的事。"千住仿佛察觉到了一男的想法,适时说道,"金钱偏好具体的梦想,它绝不会靠近朦胧的梦想。快发挥你们的想象力,尽量多写具体的东西。你的梦想很快就会实现了。"

千住说得没错,一男心想。

我们还没搞清楚自己到底想要什么,就重复着欲望和失落。大家都在拼命描绘自己的梦想:环游世界、大房子、幸福的家庭。但实际上,他们根本哪儿都不想去。他们所追求的,仅仅是"别的地方";他们只是在单纯地期待,金钱能够让他们朦胧的梦想拥有实体。

三分钟很快便过去了,千住拍了拍手。所有人仿佛从梦中猛然惊醒,齐刷刷地看向了他。

"各位……刚才写下的梦想……全都可以实现。只是这当中需要你们的决心。与曾经的自己告别，蜕变为崭新的自己……那样的方法只有一个。"

千住在台上卖着关子讲话，所有参加者都迫不及待地等候他接下来的话语。

"首先请你们取出一张一万日元钞票，双手拿住。"

所有人不约而同地弯下腰，从放在地上的提包或裤子口袋里取出钱包，抽出一万日元。他想起这次课程开始之前，曾经得到过"除参加费外，请务必带一张万元钞票"的通知。莫非要开始什么活动了吗？

"各位即将得到通往崭新人生的护照，我会亲手向下定决心的人颁发加入百万富翁新世界的通行证。在场的参加者中……有人下定决心了吗？"

几秒钟的寂静。很快，最前排传来一阵尖声叫喊："有！"只见一个又矮又胖的男人举起了手。

"那么这位先生……请到我面前来……然后双手举起你的万元钞票。"千住说着，把男人叫到了面前。三十岁上下的肥胖男人，闪着精光的双眼和疲惫不堪的面容显得格格不入。"你手上的万元钞票即将成为让你通往崭新人生的通行证。可是若不进行一些动作,那只是一张普通的万元钞票而已。从现在起,我要让你……获得超越金钱的力量。"

所有人都凝视着千住,夹杂着不安与期待的兴奋。千住似乎意识到了众人的情绪,只见他低喝一声。

"那么……现在请你撕碎那张万元钞票。"

会场顿时爆发出骚动。我们来这里是为了追求金钱,你却让我们撕钱?那种事情我们不可能做到,也不想做。所有人的心声汇集成无声的骚动。

从出生到死亡,究竟有几个人撕碎过万元钞票呢?想必一千个人里也不一定能有一个吧。那一定是因为其中包含了信仰。就像无法烧毁宗教绘画,无法打碎佛像一样。纸币充其量也就是一张纸,可是对金钱的信仰却阻止了我们做出那种行为。

千住面前的男人跟其他参加者表现出了同样的困惑,只能手持那张钞票呆滞地站着。就在此时,千住突然大喊一声。

"撕掉！快撕掉啊你这狗屁贫民！现在马上撕掉！"

他的表情犹如野兽，口沫横飞地嘶吼着。面对这样的剧变，男人吓得一松手让钞票滑落在地。千住粗鲁地拾起那张钞票，推到男人面前继续大吼：

"撕掉！现在马上撕掉！你想一辈子蹲在贫民窟潦倒至死吗！"

男人双手捏住钞票边缘。他的手在颤抖。眼里浮现出泪光。由于恐惧和慌乱，几乎无法站立。

"快！快！快！快！"

背景音乐的节奏突然加快。千住一刻不停地嘶吼，扭曲的声音通过音箱响彻全场。男人紧闭双眼，闷哼一声将钞票撕成两半。

"呜哦哦哦哦！干得漂亮！"

千住做了个夸张得无以复加的胜利姿势，紧紧抱住了男人。男人泪流满面，双手紧紧捏住两片破碎的钞票，仿佛被抽走了全身的力气，瘫倒在地。千住把他拽起来，扯出一个似乎动用了全部表情肌的笑容，同时泪流满面。

"你战胜了金钱,已经不再是金钱的奴隶,而成了支配它的主人。今天你迈出了巨大的一步,欢迎你……加入百万富翁新世界。"

男人也泪流满面地不断重复着"谢谢你,谢谢你"。千住轻轻抽出男人紧紧握住的钞票碎片,展示给所有参加者。纸片上描绘着福泽谕吉的头像,仿佛一张小小的肖像画。

"这一半由我来保存。这一半,请你收好。这是你我羁绊的证明。从今以后,我们手上的各半张钞票分别拿出来都不具有任何价值,只是一张破纸。只有我们团结在一起,才能让它产生价值。从今天起,我们就要共同展开百万富翁新世界的探险之旅。"

男人还在哭泣,浑身颤抖,脸上却满是笑容。他回到座位上,得到了雷鸣般的掌声。千住微笑着等待掌声平息下来,随后说道:

"在场的各位……来到这个世上是为了成为有钱人。请跟我一起高喊——"千住对参加者伸出手。

"我们来到这个世上是为了成为有钱人！"

参加者条件反射地高喊起来：

"我们来到这个世上是为了成为有钱人！"

千住朝天挥了一拳，重复着那句话。

参加者们也嘶吼了整整一分钟。有人兴奋得涨红了脸，有人对着天空露出幸福的笑容，也有人流出不知是痛苦还是快乐的眼泪。所有人都在嘶吼，纷纷撕碎手中的万元钞票。

这是一幅异样的光景。所有人都笑着，哭着，撕碎手上的钞票。

共鸣持续了一段时间，几乎所有人都撕碎了钞票之后，千住抬起一只手。人们马上安静下来凝视着他。千住认真端详着每一个"信徒"的面孔，安静地说道：

"欢迎来到百万富翁新世界。你们来到这个世上，都是为了成为幸福的有钱人。"

长达四小时的"第一次课程"结束了。

千住高举双手退到后台，整场都像石像一般站在两侧的男性（跟千住一样穿着黑西装和黄色高领毛衣）仿佛被解开了美杜莎的诅咒，突然活动起来。两人走到台上，用飞快的语速开始说话。

"是利用今天的课程激活自己的人生，还是葬送自己的人生，选择权都在各位手上。今后继续参加课程，就能使您的百万富翁之路更加清晰现实。另外，今晚还特别设置了百万富翁导师千住的一对一辅导课程，这是导师专门为所有参加者抽出时间进行的辅导。在那里，各位可以得到更加深层的'金钱与幸福的答案'。如果你想改变自己的人生，请不要犹豫，马上参加吧！每人的报名费用是四十万日元。"

两个男人轮流凑到话筒前说话，那副光景就像一场双人相声，显得滑稽无比。但一男笑不出来。男人们轮流换上一本正经的、悲伤的，最后则是欢笑的表情发表着演讲。他们的喜怒哀乐仿佛早已被编入程序，显得十分模式化。一男突然想起他们在摩洛哥遇到的男孩。过于逼真反显做作的表情，在无数次重复中形成的模式化表情。

两小时后，一男根据黑西装相声组合提供的地址走在笼罩着夜色的街道上，他已经决定支付四十万日元去见见千住。

四十万日元，那是一男整个月的薪水，相当于他在工厂里加工四千个面包，女儿一年的芭蕾舞班费用，欠款的三个月利息。他并不认为那个金额很合理，但世上所有东西的价值都是由人心来决定的。

"支配市场的并非数字，而是人的心理。"

正如天才投资家乔治·索罗斯所说，人类的欲望和恐惧决定了物品价值。用四十万日元来交换"与千住交谈几个小时"，意味着一男心中确实存在着与那个价值等同的"欲望和恐惧"。

百货商店。成品西装店。游戏中心。卡拉OK。快餐店。红灯区。鞋店。书店。居酒屋和便利店。人类的欲望像马赛克一样汇集成灯火通明的肮脏城市。一男在人群中缓缓走着，欲望的聚合物在眼前闪烁，连他自己的幸福都被照耀得模糊不清。偿还债款，与妻子重归于好，跟女儿共同生活……这一切都在离他远去。

三亿日元消失后，一男依旧像从前一样没日没夜地工作。由于睡眠不足和疲劳，他的意识始终游离在模糊的边缘，偶尔甚至会产生强烈的呕吐感。在这个国家，只要稍微出一趟门，钱就会像流水般花出去，这几个礼拜他已经用掉了超过五十万日元。或许他永远都找不到被九十九拿走的三亿日元，可是对一男来说，他已经没有别的选择了。

在高大的摩登建筑和明晃晃的霓虹灯交相辉映的繁华街区里，有一条如同影子般的小巷。他得到的地址就是这里。这个地方有一座小小的舞台，门口的装潢富有江户时代特色，入口挂着一块"本日包场"的牌子。一男从旁边走过，进入昏暗的舞台大厅。

穿过大厅，打开通往舞台的大门。观众席的照明被关闭，里面一片漆黑。一男忍不住浑身一颤，这里竟然冷得让人受不了。尽管是室内，气温却比外面要低得多。他凝神一看，舞台上摆着一个高台，两旁点着蜡烛。两根蜡烛昏黄的火焰是场内唯一的光源。怪谈。他脑中突然闪过一个词。一男慢慢环视场内,本以为空无一人的观众席上竟出现了人影。前方中央的席位上坐着一个身穿黑西装,头发梳得一丝不乱的人。是千住。

一男安静地走到他旁边坐下。

"欢迎来到……私人课程。"

千住看也不看一男,直视前方说道。他的视线牢牢锁定着舞台上的高台。尽管现在只有他们两人,可千住依旧散发着舞台上那种特殊的气质。

"那个……我是……"

"我知道。初次见面……一男先生。"

"千住先生,今天我来是想跟你打听九十九的事情。"

"……过去我经常跟九十九到这里来。他是真喜欢落语啊。无论多么忙碌,他都会找时间拉着我来看落语表演。我对落语完全不感兴趣,但陪九十九来过几次后,就彻底喜欢上了。现在这可是我的一大爱好哦。他经常这样说,我是他拉到落语世界的第二个人,而那第一个人也是他的挚友。"

他突然理解千住为何要指定这个地方了。

并且,他手上一定掌握着九十九的线索。

"我现在正在寻找九十九。他拿走了我的三亿日元,我还背负着三千万的债务,因此必须找到他拿回那笔钱。请你跟我说说九十九的事情,就算是过去的回忆也好。因为其中很可能有找到他的线索。"

"……先别急。我明白你为什么要花一大笔钱到这里来,也打算跟你说说九十九的事情。可是我也认为……首先要先给你讲讲我自己。"

"请讲吧。我想知道你是怎么成为九十九的挚友的。"

"挚友……这个词有点难以定义啊。有可能是这样,也有可能只是一场梦。看你刚才的样子,想必你心里很蔑视我吧,甚至非常疑惑九十九为什么会有我这样的挚友。"

一男没有说话。因为被说中内心想法时,根本没必要回答。

"我现在为什么会干这个,这其中还是有点小故事的，就像短篇小说一样的故事，不过其中会有九十九这个人频繁登场。现在我就准备给你讲讲这个故事……你意下如何？"

"请你说给我听吧。"一男回答。

"我知道了。"千住呢喃一声，注视着蜡烛的火光开始讲述。

"那已经是十几年前了。一场交通事故突然夺走了我最好的朋友，那人是我的青梅竹马，也是人生唯一的挚友。当时我还是大学生，面对挚友的死，我渐渐无法原谅自己身处的毫无变化的生活。于是我离开大学开始旅行，我在北美和南美大陆之间搭着便车持续了将近两年的流浪生活。可是，当我来到南美大陆最南端的小镇乌斯怀亚时，身上的钱却用完了。南极近在眼前，我却因为身无分文被困在了那个小镇。就在那时，我突然意识到一件事。"

"什么事？"

"我的旅途不存在终点。我只是在逃避挚友死去的现实。后来我就回到了日本。当然，不工作就无法生活下去。但我同时也知道，如此软弱的自己绝不可能进入普通企业，适应那里的工作。为了寻找就业信息，我浏览了几个创业公司的网站，然后便找到了一则奇怪的招聘信息。

"'寻求值得信任的人才。寻求我能信任，同时也信任我的人才。'那手毛笔字蹩脚得令人惊叹，却拥有让人着迷的力道。那就是九十九书写的招聘细则。"

"那确实有点奇怪。"一男忍不住笑了。

"可不是嘛。"千住轻笑一下继续道，"不仅是招聘细则，连招聘方针都特别奇怪。最后共有三个人被录用，既没有面试也没有审核。九十九是按照应聘的顺序选择的。第一个是我，第二个是百濑，最后他是在酒会上认识的十和子。"

"先到先得吗？"

"不。九十九对我说，事实并非如此。他一直对我说：'我只想毫无保留地相信所有愿意来的人。'听到他的话，我感觉自己得到了神的救赎，终于从失去挚友、自己独活的罪恶感中得到了解放。我在九十九身上感觉到了跟自己一样的'悲伤'。我觉得九十九跟我一样，想寻觅自己能够信任，并且更重要的是，愿意相信自己的人。"

千住满怀感伤地说。会场内部依旧冷飕飕的，把他吐出来的气息都化成白雾。

"后来我们的公司得到了迅速发展，这你想必已经知道了，所有工作都顺利得让人难以置信。我们完全可以在信任这一纽带下，毫无顾虑地埋头向前。九十九想到的主意由百濑的计算加以实现，然后再由十和子进行宣传，最后通过我的经营使生意越做越大。我们之间存在着以信任为基础的合作，而且我认为，九十九跟我之间的信任更加深厚。因为对九十九来说，'第一个值得信任，也愿意给予信任的人'就是我。正因为如此，我们的关系在无法相互信任的那个瞬间就彻底完蛋了。"

"……发生什么事了？"

"公司的规模成倍扩大，然后过了四年。那天九十九突然把十和子、百濑和我叫了过去。随后他告诉我们，有一家大型通信公司有意以数亿日元的价格收购我们，还说他当场拒绝了。我们都没有提出异议，因为谁都不愿意出卖自己的梦想。可是那家通信公司并没有就此放弃，他们采取了各个击破的手段。他们分别跟我、十和子和百濑取得联系，不断提出收购议案。收购金额从几亿变成几十亿，最后甚至上升到了将近一百亿。我记得自己听到那个将近百亿的数字时，心中还是产生了动摇。'世界上不存在金钱无法收买的人，问题只是金额多少而已。'正如高尔基这句话所说，我感到心中的欲望渐渐沸腾，再也难以抵挡。他们还提出了收购后充满美好前景的蓝图：做更大的生意，在南国隐居，以知名人士的身份为社会作贡献。当然，那些'充满美好前景的未来'都构筑在金钱之上。"

"我听说你们最后同意了收购。"

"是的。我们背叛了他。"

"为什么？"

"因为当时我已经体会到了金钱带来的快乐。"千住闭上眼说，"住在豪华公寓最顶层，开着高级进口轿车出行，源源不绝的美食，接踵而至的美女。那家公司已经知道了我的生活状况，还说其他人极有可能先于我选择背叛，届时我能得到的金额将会减半。他们反复威逼利诱，要我在一个月后的高层会议之前做出选择。为此，我深陷苦恼。'寻求值得信任的人才。寻求我能信任，同时也信任我的人才。'九十九的话就像咒语一样在我心中回响。九十九得知他们的各个击破战略，经受了巨大的痛苦，每日都沉浸在苦恼中。后来有一天，他突然说要去跟通信公司商谈，然后就消失了。那天距离高层会议只剩下一个礼拜的时间。"

千住长叹一声。他的叹息仿佛也传到了台上，让蜡烛的火光摇曳起来。摇曳的火焰似乎正是千住内心的印证。

"无论是打电话还是发电邮，九十九都不回复。百濑和十和子也慌了。就在那个时候，我头一次开始怀疑他，开始担心会不会被九十九赶到前面。我们之间由'信任'构筑起的关系，就因为那个怀疑而土崩瓦解。

他音信全无地消失了六天,到了高层会议前一天,我在公司的收购资料上签了名。百濑得知我的退出,愤怒地指责我的背叛。可是当天晚上,他也放弃了挣扎,选择了签字。十和子则放弃决定权,把事情完全交给了我们。最后经过那家公司高层的承认,公司正式被收购了。"

蜡烛的火焰一直在摇曳。千住凝视着那两点火光,继续说道:

"我很害怕。害怕失去本该到手的数十亿日元,更害怕九十九先行背叛我们。我觉得,一旦遭到九十九的背叛,将我与世界联系在一起的唯一支柱就会彻底崩溃。正是那种恐惧蚕食了我们的信任。"

"可是那也无可厚非啊。毕竟九十九失踪了,怀疑他背叛是很正常的事情。"

"可能是吧。但他其实只是做了个试验。"

"试验?"

"没错。九十九其实一点没变。"

"……什么意思?"

"他想相信我们,所以才赌了最后一把。于是他消失后……"

"又回来了。"

"是的。九十九又回来了,就在高层会议当天,也就是我们签字的第二天早上。可是,彼时我们已经决定要转让公司了。九十九在高层会议上得知此事,露出了悲痛的表情,随后在桌上留下一张纸,起身离去了。他留下的,就是那张招聘信息:'寻求值得信任的人才。寻求我能信任,同时也信任我的人才。'百濑看到那张纸,当时就哭了出来。十和子也哭了。可我却没有感到悲伤,没有流下一滴眼泪。我只感受到了信任一个人的艰难,恨不得去诅咒神明。那一刻我知道,自己已经背负了巨大的罪孽,过于深重的罪孽会夺走人的眼泪。"

千住说完,再一次长叹一声。

就在此时,一名身穿和服的男性缓缓走上台来,坐到高台上。那是一位上了年纪的落语家,仿佛随时都会断气。他的身体无比瘦削,脸颊深深凹陷,浅紫色的宽袖就像被晾晒在竹竿上摇晃着。我仔细凝视那张在烛火映照下的脸，发现他竟是曾经被誉为传奇的著名落语家。落语家在坐垫上坐定，也没有开场白[1]就淡淡地讲起了故事。

"从前有个又穷又懒的男人。他整天游手好闲，花钱如流水，最后被老婆赶出了家门……"

一男马上就想起来了。这是《死神》，九十九很喜欢并经常讲的故事。这个故事让人一点都笑不出来，不过跟《芝浜》连起来讲却很有意思。两者都是关于金钱的故事，也都讲述了人的本质。九十九是这样评价的。

被妻子抛弃的穷困男人一想到"死"，死神就出现了，还对他说"既然你都想死了，我就告诉你赚钱的办法吧"。于是，男人就获得了看见死神的能力。后来，男人成了医生到处给病人看病。若看到死神坐在枕边就

---

1 落语分为开场白、本篇和结局三个部分，落语家上台后先跟看客做做自我介绍，聊聊天气时事，调动起气氛之后便开始讲述与本篇故事主题稍有关联的小故事，比如本篇讲可怕的馒头，开场白就讲讲跟吃有关的小笑话。这就是所谓"开场白"。另一种开场白的方式是介绍故事中比较生涩的词汇，比如一些古典落语里出现的，现代已经不再使用的器具等。

宣告病人已经到了寿限,坐在脚边则咏唱咒语将其赶走。说中寿限会让家属大吃一惊,治好疾病则会让家属顶礼膜拜。男人很快就成了有钱人。

落语流畅地继续下去。在故事的衬托下,千住静静地开口道:

"为什么我们会为区区一百亿日元出卖了自己的梦想?我想回到从前。直到现在,我偶尔还会产生那样的想法。那段时间,我们周围有很多人以公司上市或被大企业收购,从而赚取大笔金钱作为工作的目标。他们一开始创建公司时也有真正想干的事业,想实现的梦想。只是不知为何,他们的目的渐渐变成了将自己的公司、自己的梦想以高昂的价格卖掉。九十九却意识到了那是毫无意义的。梦想,以及信任,这些东西一旦卖掉,就再也回不来了。我应该也十分了解那一点。尽管如此,到最后我还是把自己的梦想变卖成了金钱。我出卖了自己的灵魂,背负了深重的罪孽。九十九却直到最后都没有放弃对我的信任。所以直到现在我还会想,真希望能回到从前,重新开始。当然,那是不可能的。跟信任一样，时间也是无法挽回的。不像金钱，可以一次又一次地挽回。"

一男突然想起那部电影最后的场景，摩洛哥老人的话：

人们活在世上，却浑然不知自己顶多只能再看二十次满月。

"千住先生，既然如此，为什么你还在做这种跟宗教差不多的事情呢？为什么还要从挣扎在困苦中的人们身上榨取金钱呢？"他忍不住用上了责备的语气。

"一点没错。你可能认为这样很矛盾，但我认为，自己现在所做的一切都是对九十九的赎罪。如果能像为三十枚银币就背叛了耶稣的犹大那样一死了之，说不定会更轻松。但我没有那样的勇气。因此我决定，要想尽一切办法保住自己背叛九十九获得的金钱。我首先做的事就是不交税金。我成立了好几个皮包公司，甚至在被誉为税金天堂的加勒比群岛上成立了公司，不断与法律进行周旋。最后，我就找到了成立宗教团体的道路。那就是我的'百万富翁新世界'。"

在黑暗笼罩的两点烛光中,落语家仍在讲述《死神》的故事。

男人成为有钱人后,赶走了妻子孩子,在美女的环绕下过上了随心所欲的生活。可是,他的钱很快就花光了。就在那时,一个大富翁来请他看病。他过去一看,发现死神坐在枕边。他宣称男人已经到了寿限,可大富翁却不依不饶地苦苦相求。男人被大笔酬金冲昏了头脑,强行把被褥掉了个头,赶走了死神。病人马上痊愈,男人得到了一大笔钱。于是他久违地去喝了一杯,心满意足地走在路上,却被头一次遇到的死神叫住了。

一男和千住两人坐在看台上,表情肃穆地听着那个故事。落语在一片静寂中缓缓流淌。

"钱跟神很相似。"千住说,"两者都没有实体,两者都构筑在人类的信任或信仰之上。所以,不管是金钱还是神明,对我来说可能都没什么区别,因为金钱就是人类欲望的具象。"

一男想起来了。那个会场,挂在墙上的画——本杰明·富兰克林和福泽谕吉，几乎等值的钞票被撕成两半摆放在一起。

"我为了逃税而建立了类似宗教组织的团体。不过，我在其中假装自己是教祖的时候，不知不觉也多出了很多信徒。仿佛是自己的罪孽吸引了那些人。"

想必吸引他们的既是千住的罪孽，同时也是金钱吧。金钱甚至能偶尔赋予人类更多才能。

"不知不觉中，本来以逃税为目的的宗教却让我深深着了迷。只有在信徒面前讲话时，我才能感觉到自己活着。"

《死神》进入了高潮。

死神将拿了一大笔钱的男人带到一个洞窟里。那里点着无数根蜡烛，有长有短，每根蜡烛都燃着一点小小的火光。"这是人的寿命。"死神说。长度只剩一半的是妻子的蜡烛，还很长的是儿子的蜡烛。旁边有一根短短的蜡烛，那根蜡烛似乎随时都要熄灭。男人一问，死神就回答："这是你的寿命。"原来他因为贪图金钱，把自己的寿命跟病人的寿命交换了。

男人急了。他向死神乞求:"你要多少钱我都给你,帮我想想办法吧。"

"一旦交换就再也换不回来了。你很快就会死。"死神淡淡地说,"不过这里有些蜡烛头,你可以试着把它们接起来,顺利的话说不定能延长寿命。"

男人小心翼翼地接起蜡烛头,想方设法给自己延长寿命。可他的双手却不受控制地颤抖。

"你干吗抖成这样?再抖可就要灭了。灭了你可就死了哟。"

死神笑着说。

男人拿着蜡烛,忽左忽右地穿行。微弱的烛火在空气中摇动。

"那就是我。"千住盯着落语家说,"我就是那样,把自己这个小小宗教的信徒们的蜡烛接在一起,让自己苟活。或许我相信的并不是别的什么神,而是死神。那时,我为金钱出卖了灵魂,甚至出卖了比灵魂更重要的

'信任'。因此，我被金钱诅咒了。从那以后，我几乎没用什么钱。我把房子跟车子都卖了，一个人住在简陋的出租屋里。可是钱还是越来越多。与九十九分开后，我的资产已经膨胀了十倍以上，我现在已经不知道该怎么花掉那些钱了。对这样的我来说，保住金钱并不存在任何本质性的意义。可我就是无法摆脱金钱，或许这正是我所背负的罪孽吧。我可能一辈子都无法找到'金钱与幸福的答案'，但我还是会耗尽一生去寻找。所以，我也会将这个小小的宗教一直办下去，接起人们的残烛一直活下去。"

"……千住先生，你一定知道九十九在哪里，知道他为什么会消失吧？最后，请你务必告诉我这些。"

"九十九一定跟你记忆中那个他相比没有一点改变。他没有逃，他一直在你身边。"

"千住先生，别捉弄我了！九十九到底在哪儿？你肯定知道吧？"

"要相信，你正在接近真相，接近你寻找的答案。九十九在哪儿，三亿日元在哪儿，以及前方的金钱与幸福的答案——你很快就会找到那个答案。只是,你必须一直相信九十九。"

随着千住话音落下,落语也迎来了尾声。

"快点快点,不赶紧接起来可就要灭了。灭了你可就死了哟。啊……灭了。"

言毕,落语家身子一软,伏在地上不再动弹。

万佐子的欲

一男与万佐子是在图书馆认识的。

每周三傍晚，她都会到图书馆来。工作日的图书馆没什么人，她会在一楼和二楼的书架间漫步（每次都是同样的顺序），选好一本书，拿到借书柜台递给一男。

马戏团影集、太极拳教程、小提琴家的传记、保加利亚语词典、不动产经营指南、克里姆特画集。

一男被她毫无关联性的借阅记录吸引了。她究竟是以什么标准借书的？一男反复思考其中的规律，却迟迟无法找到答案。

万佐子每次来都会借走一本书。既不多借，也不会不借。一周后，她又会把那本书还回来，再借走一本新的。

她每次都会穿质地良好、剪裁高雅的连衣裙。颜色一般是黑白灰，一直处在朴素单调的色阶中。她小小的鹅蛋形的脸只到一男的肩膀，整齐的短发下露出白皙如玉的光滑脖颈。她在金色的夕阳中迈着小猫般轻盈的步子，穿行于一个个书架间，让一男看得着了迷。

在看似胡乱地借了十多本书后的一天，万佐子捧着一本又大又厚的书来到了前台。那是一本《塔吉锅食谱》。一男忍不住"啊"了一声。

"怎么了?"万佐子问。

连她的声音都像小猫般轻柔。

"不好意思,我只是想起来自己也有这本书。"

没想到她会主动说话,一男慌忙回答道。

"啊?你会用塔吉锅做饭吗?"

"啊,不是。那是因为我很久以前去摩洛哥旅行过。"

"然后爱上了塔吉锅?"

"呃,不是的。只是在出发前我突然想到,摩洛哥最出名的就是塔吉锅啊……然后就买了这么一本食谱。"

"所以你并不是到摩洛哥去制作塔吉锅了吧?"万佐子笑了,略带调皮的微笑。

"当然不是。"一男一边办理借书手续,一边认真地回答,"因为我头一次到沙漠之国去,所以当时应该挺紧张的。总觉得心里有些不安,就把自己看到的所有跟摩洛哥相关的书都买了回来。"

"其中就有一本《塔吉锅食谱》。"

"没错。不过这么说确实有点蠢。"

"不会啊。我觉得很有意思。"

说完,万佐子把书抱在胸前又笑了起来。与她娇小的身材相对比,那本书看起来似乎有点大。

"那个……我能问你一个问题吗?"

一男凝视着她的脸说。在这个空无一人的图书馆里,他们能够自由自在地聊天。

"嗯,可以啊。"

"你总是来借一些奇怪的书,所以我感到很不可思议。因为那些书实在太没规律可循了,就好像你是胡乱挑选的。所以我一直都想问问,你选书的标准到底是什么。"

万佐子脸上闪过一丝惊讶,很快又轻叹一声,看着一男。她的表情就好像捉迷藏被找到的孩子那般无可奈何。虽然有点遗憾,同时也有点高兴。

"你已经说出了正确答案。"

"什么?"

"我就是胡乱挑选的。"

一男一时无法理解她说的话。因为他从未遇到过,将来也不太可能遇到像她这样胡乱挑选书籍借阅的人。

"我并没有想看的书。"万佐子像道出心中秘密的少女般压低声音说,"我怎么都找不到真正喜欢的,打从心底里想要的东西。"

"我觉得那种人并不少见。"

"我在一家百货商店工作。人们会到店里来买各种各样的东西。有人逛了一整天,好不容易选中一件商品,也有人刚进来五分钟就把货架上的东西都拿了个遍。不过他们都有一个共同点。"

"共同点?"

"无论是哪种人,都会在结完账接过纸袋的瞬间露出幸福的表情,因为里面多多少少都装了他们想要的东西。我觉得那样真美好,也想为自己找到那样的东西。"

橙色的阳光从二楼窗外倾洒下来,灰尘在夕阳下像金粉般飞舞。万佐子看着那副光景,安静地继续道:

"所以每次到图书馆来,我都会花很长时间慢慢地从书架这头走到那头,然后停在当天让我感觉最舒服的书架前,闭着眼睛抽出一本书,再花一周时间去阅读。"

"那你找到喜欢的东西或想要的东西了吗?"一男问。

"没有,暂时还没找到。既没有什么书让我想再借一次,也没有想到书店买下来的书。百货商店里堆满了无数商品,汇集了无数欲望,中间也不乏金钱。但我还是只会在旁边呆呆地看着那些东西来来去去。"万佐子摇了摇头。

"那……请让我来帮你寻找你喜欢的东西和你想要的东西吧。"一男微笑着说,"每周三我都会选好一本书等你来。"

接下来的每个周三,一男都会选好一本书,让万佐子借走。

《梦的解析》、《覆盆子栽培法》、《印度建筑》、《水平线影集》、《圣诞老人考试》、《外星人图鉴》、《已弃用市町村名辞典》。

每天结束工作后,一男都会徘徊在书架间,替万佐子选书。

他怀着让万佐子喜欢上一些东西,想要一些东西的愿望,挑选了一本又一本书。

那些书籍在两人之间来回兜转,转眼就过了半年。一天,万佐子对他说:"我已经不需要你帮我选书了。"她的话就像傍晚的骤雨一样来得突然。

听到那句话,一男感到有点伤心。因为不知从何时起,他开始喜欢上万佐子了。

"想到今后不能再帮你选书,我有点寂寞呢。"一男低着头表白道,心中一片苦涩,"心里想着要帮你选什么书时,我真的很幸福。"

"……谢谢你。"

"所以,一想到今后我们不会再有这个交集,我就非常寂寞。"

"我也是。"

"可是你……"

"别误会。我每天猜测你会给我选什么样的书,过得也很开心。"万佐子直视一男的双眼说,"但是真的不用了,因为我找到了自己真正想要的东西。"

第二年,一男就跟万佐子结婚了。

他们租下一间虽然很陈旧但保养良好的公寓,开始共同生活。两人一起起床,并肩坐在餐桌前吃早餐,一起出门上班,回家后互相讲述一天的事情,做爱,然后睡觉。他们已经不再借书,也不再为对方办理借书手续。可是,他们彼此都渴求着对方,度过了每一个日夜。

两年后,万佐子怀孕了。医生告诉他们:"是个女孩子。"

超声波照片上的胎儿蜷成一团,仿佛怀抱着什么,就像抱着最重要的宝物。一男和万佐子给那个圆滚滚的胎儿起了名字,叫"小圆"。

不久之后,圆滚滚的小圆出生了,又过了不久,她学会了站立,学会了走路。就像其他许多幼儿那样,小圆开始想要自己能看到的一切:双亲的盘中餐,橱窗里的玩具,四处乱窜的小狗,小朋友的漂亮衣服。

每次万佐子都会问她:"你真的想要吗?"而小圆

每次都会思索片刻,然后回答:"不想要了。"

这样的小圆有生以来头一次说自己想学的,就是芭蕾。那时她三岁,周围的小朋友都选择了街舞和游泳课程,唯独小圆在参观完芭蕾课程后,彻底着了迷。从那以后,她只要一有空,就会在家里踮起脚尖走路,或者一个人原地转圈。

可是一男却反对她去学芭蕾,因为每个月的课程费用高达三万日元。再加上每次汇报演出都要花费数万日元,这实在与他们的经济状况不符。万佐子也同意了他的看法,学芭蕾的事就这样不了了之。

可是一个月后,万佐子突然说:"我想让小圆学芭蕾。"

万佐子极少会反悔自己的决定。一男从她的语气中感到了强烈的意志,只得硬着头皮询问原因。

"后来我每天都问她一次,你真的想学芭蕾吗,不学芭蕾学别的行不行。一直问到现在。"

"小圆怎么说?"

"她一直都没改变说法,每天都跟我说想学芭蕾。

她是个会思考的孩子,每次觉得我们的话有道理,她不是都会乖乖放弃吗?"

"这回却一直说想学。"

"没错。学芭蕾是小圆有生以来头一个打从心底里想要的东西,我想实现她的愿望。"

万佐子为了让小圆学芭蕾舞,又找了个百货商场的工作开始上班。每天早上一男都会把小圆送到幼儿园,晚上则由万佐子接回来。做饭和洗衣服由万佐子负责,打扫、洗碗和扔垃圾则是一男的工作。小圆每周六都会到芭蕾舞班去上课,每年都会在大舞台上做汇报演出。一男和万佐子会坐在台下,握着彼此的手,欣赏小圆的舞姿。小圆的芭蕾舞实在说不上优秀。尽管如此,看着每年都会成长一些的小圆,一男依旧能感受到自己这一家人都在共同成长,并因此幸福不已。

三年后,一男得知了弟弟的债务。

一男只想尽快还清债务,回到普通的生活和普通的家庭中。他让一家人搬到租金便宜的公寓里,极力控制伙食费和水电费,晚上则到面包工厂兼职。为芭蕾舞班支付的每月数万日元的费用,已经把他压得喘不过气来。

一番纠结烦恼之后,一男提议"别让她学芭蕾了吧",可是万佐子不同意。"我不会让她放弃芭蕾。我也可以增加工作量,而且你应该也明白,芭蕾是她生命中不可或缺的东西。"万佐子说着,顽固地拒绝了。

一男根本不明白万佐子的话。如今这个仅能勉强温饱的状况,实在让他难以理解芭蕾为何是生命中不可或缺的东西。

这就不可避免地导致了争吵。背负债务后这半年时间,二人彼此心中都积聚了许多不满。金钱的问题。他们一直避免谈论这个话题,将其深深藏在心中,可是因为小圆学芭蕾的事,那些不满瞬间爆发了。

为什么拒绝父母的资助,一个人背负弟弟的债务?把家务和带孩子的事都推给我,自己没日没夜地工作,每天几乎见不到小圆,你觉得我们会怎么想?万佐子责怪一男。

作为兄长当然要背负弟弟的债务,这是我家的问题,现在我必须尽量多干点活偿还债务。我只是想尽快回到普通的家庭生活而已。一男不断反驳。

他们的争吵持续了几个星期。两人始终没有达成共识,最后,万佐子干脆在一站外的车站旁边租了间小房子,带着小圆离开了。一男也退掉对他一个人来说实在太大的公寓,决定搬进面包工厂的宿舍。

万佐子决定离开的那天,小圆哭了。她似乎无法理解一家人为什么要分开居住。每当发生令人悲痛的事情,大人们都能给那个悲痛一个理由,以此来减轻自己的痛苦。可是那时的小圆心中却只有"纯粹的悲伤"。因此,她能做的只有哭泣。

离别那天,只有六岁的小圆被万佐子牵着手,离开了这个家。

小圆边走边回头看着一男。她流着泪,不断回头,不断对他挥手。一男也拼命忍住眼泪对小圆用力挥手:你要好好过,我一定会接你回来。我们一家人一定会团聚。

从那以后，一男就再也没见过小圆哭泣。

约定地点的车站。一男等在检票口外，看到背着红色书包的小圆沿着楼梯跑下来。

距离约定时间已经过了五分钟。她一定很着急吧，粉红色连衣裙的下摆在风中招展。在楼梯上飞奔的双脚还是一双小孩子的脚，让一男忍不住想对她说，别着急，慢慢下来就好。

他已经一个半月没见到小圆了。那次决定命运的抽奖，已经过去了一个半月。

他看着眼前的三亿日元，借着酒劲在九十九家给万佐子打了电话。后来，她就再也没联系过一男。想必她已经断定那个电话里说的事只是一男喝醉后的妄想吧。

九十九带着三亿日元消失无踪，一男这三十天来一直在千方百计地寻找他的去向，围绕金钱展开冒险，度过了噩梦般的三十天。他目睹了十和子、百濑、千住和"亿万富翁其后的人生"。他们在跟九十九一同成为有钱人之后，都各自寻找着"金钱与幸福的答案"，但一男并不认为他们的答案是正确的。他还是找不到九十九，找不到三亿日元，也找不到"金钱与幸福的答案"。好不容易找到了千住，九十九的线索却就此中断了。

"九十九一直都在你身边。"

千住是这样说的。可是除此之外，他再也没有透露任何消息。一男已经走投无路了。不知是否因为他的绝望感动了上天，第二天他就接到了万佐子的电话。

"你来看看小圆吧，她想你了。"万佐子说。

一男和小圆走进车站前一家小小的卡拉OK店。

两小时饮料无限续杯，只需五百日元。小圆有学生半价优惠，二百五十日元。他为两人支付了七百五十日元，随后走进狭窄的电梯里。

这里并非有名的连锁店，而是个体经营的小店。虽然还是白天，每个房间却都被占满了。情侣靠在一起唱歌，白发苍苍的老人们拍着手唱歌，女高中生在沙发上蹦跳着唱歌。穿过狭窄的走廊，透过门上的小窗看到房间里的人们，感觉就像监狱的狱警，或动物园的饲养员。

小圆走在前面,迈着轻快的步子。她的红书包在背后愉快地跳动着。

一男在车站问她:"想去哪里?"小圆想也没想就回答:"卡拉OK。"还笑着说,"下次要跟朋友一起去,先偷偷练习一下。"那是久违的孩子般的笑容。

他们生活在一起时,一家人经常到卡拉OK去。每次提议的都是小圆,而万佐子则会立刻赞成。至于一男,只得不情不愿地跟了过去(他唱歌绝对称不上好听)。平时不怎么爱说话的小圆只要拿起麦克风,就会变得活泼起来。

一家人最后一次去卡拉OK,已经是三年前的事情了。那天是圣诞节。

他们在意大利休闲餐厅吃过晚饭后,万佐子说想去卡拉OK。难得喝了一点红酒的万佐子似乎因为微醺,心情很好。她拉着一男和小圆的手,声势浩大地走进卡拉OK,一口气点了好多曲子唱个不停。一男和小圆被她的气势压倒,但也大笑着拍起手来,偶尔也会拿起麦克风和她一起唱。明明只是在卡拉OK唱歌,一家人却一直在大笑,三个人挤在狭窄的沙发上唱了很久很久。一男想:那时的我确实是幸福的。可是,那种"幸福"只有在几乎完全丧失之后才能体会得到。

"啊,你好。麻烦给我一杯可尔必思。"一走进房间,小圆就拿起电话叫饮料,"还有……爸爸要什么?饮料!"

"呃……乌龙茶。"

"还有一杯乌龙茶。"

点好饮料后,小圆一手拿着平板点歌机,戳着画面开始点歌。

"你好熟练啊。"

"嗯。别告诉妈妈哦,我有时会跟朋友和她妈妈一起来。"

小圆对着麦克风说出的话变成了平时的三倍响,连声音也似乎比平时要开朗得多。

音箱里流淌出廉价的电子音乐旋律,又长又夸张的前奏。那是最近经常在收音机里听到的民谣。"思念让我心痛，我想见你。"是首忧伤的情歌。

"小圆，你要唱这个吗？"

一男忍不住问道。

"怎么了？"

"这可是失恋情歌啊。"

"爸爸你说什么呢，我也可以有喜欢的男孩子啊。"

"什么样的人？"

"他会踢足球，跑得很快，超级帅的。"

"可他不一定就是个好人啊。"一男提高音量，试图盖过节奏渐强的前奏，"男人必须要对你好才行！"

"就算对我好，跑得不够快也不行。"小圆微笑着说，"爸爸不是不擅长运动嘛，总是捧着书。像我们这种年纪的女孩子，就算对方再怎么温柔，再怎么聪明也不会喜欢的，就要跑得快的。"

"爸爸以前也跑得很快啊。我可是接力赛的主力呢。"

"你又逞强了，快别说了吧。"

夸张的前奏结束，小圆唱了起来。像小猫般轻柔的嗓音，跟万佐子很像。一男惊讶地盯着女儿。

小圆跟着屏幕上的歌词唱着。三年前连音准都抓不住的女孩，如今却能唱情歌了。

小圆一首接一首地唱着偶像歌曲、韩国流行乐和动漫歌曲，偶尔闭起眼睛深情演唱，偶尔又跳到沙发上兴奋地高歌。她大喊一声："爸爸也点歌啊！"一男也只好点了几首大学时听过的民谣和登上畅销榜的摇滚歌曲。每次轮到一男唱歌，小圆就会紧紧盯着点歌板。毫无交集的卡拉OK持续了很长时间，不知不觉已经过去了两个小时，室内的电话突然响了。

"啊，您好，您的包厢还有十分钟就到时间了，需要延长吗？""延长？不延长！啊，谢谢，不延长。"一番对话过后，一男提议道："不如我们一起唱一首吧。"两人在点歌板上找了五分钟左右，自然而然地选好了曲子。

一段轻快的前奏结束后，曲子开始了。

Raindrops on roses and whiskers on kittens
（玫瑰上的雨露和小猫的胡须）

Bright copper kettles and warm woolen mittens

（黄铜色水壶和温暖的羊毛手套）

Brown paper packages tied up with strings

（用绳子捆起的茶色包裹）

There are a few of my favorite things

（这些都是我的最爱）

一男和小圆齐声唱了起来。

《My Favorite Things》——我的最爱。

这是万佐子以前很喜欢唱的歌。这首被用在铁路公司广告中，广为传唱的曲子，曾经出现在电影《音乐之声》中。

害怕雷声的孩子们聚集到担任家庭教师的修女玛利亚房中。玛利亚为他们唱了一首歌：那些我最喜欢的小东西。每次想起来都能让我忘却悲伤和痛苦。

三年前，圣诞之夜。

万佐子也唱了这首歌。彼时的她兴高采烈,满脸幸福。

一男脑中突然闪过在图书馆选书的万佐子。那段时间,还在图书馆中四处徘徊,寻找"我的最爱"的万佐子。

现在,我有"我的最爱"吗?

现在,万佐子的"最爱"又是什么呢?

　　白裙蓝饰带的女孩

　　落在鼻尖和睫毛的雪花

　　融入初春的银冬

　　这些都是我的最爱

　　被狗咬了　被蜜蜂蜇了

　　伤心的时候

　　我就会想起"我的最爱"

　　那样一来　我就不再痛苦

小圆唱歌的身影仿佛与那天的万佐子重叠在一起。

一男想:下次问问小圆的"最爱"是什么吧。

走出卡拉OK，外面已经笼罩在橙色的夕阳中。橙色是别离的颜色。一男把小圆送到车站，两条长长的黑影从两人脚下向前延伸。

"爸爸，你看起来好累啊。"小圆说。

"是吗？因为最近没怎么睡觉啊。"一男回答。

"发生什么事了？"

"爸爸有个朋友……"一男刻意避开小圆的目光说，"爸爸的朋友好像被他的好朋友偷走了一笔钱，很多钱。所以爸爸正在帮他找人。"

"是吗？好惨哦。"

"不过我觉得那个被偷的人也有错。因为就算是好朋友，他们也有十五年没见面了，他好像轻易就把自己的钱交给了那种人。"

"真奇怪。原来十五年没见面也能叫好朋友啊。"

"确实是啊。有可能已经不能叫做好朋友了，他一定是被骗了。不过他说，他还不打算放弃。是不是很奇怪？"

一男苦笑着说。只见小圆突然停下来,看着一男说:

"一点都不奇怪啊。"她静静地看着一男的双眼,"我觉得,爸爸的朋友,还有那个失踪的朋友都不是坏人。"

"……为什么呢?"

"因为那个人不是到现在还叫他'好朋友'吗?就算钱被偷走了,他也还在信任他啊。所以我觉得他们都不是坏人……反正就是这种感觉。"

到达车站时,天空已经完全黑了下来。

一男和小圆在站台上等待电车。这是每次必然经历的仪式,送走小圆的时间。

可能是发生了事故,电车晚点了,站台上到处都是人。太阳下山后气温迅速下降,人们吐出的气息变成一阵白雾,融入荧光灯的光芒中。

冬天的车站怎么会这么冷呢?是因为惨白的灯光,还是因为灰色的水泥地面呢?抑或是因为,这里是离别的场所呢?

"小圆,真对不起。今天没请你吃好吃的。"

"我觉得卡拉 OK 很好玩啊,这次的约会很不错。"

"……自行车,你要妈妈给你买了?"

"没有。因为爸爸说要给我买啊。"

"对不起,爸爸……"

"现在暂时不用啦。等爸爸能买的时候再说。而且有钱没钱跟我又没什么关系。"

小圆转开视线,直视着前方说。

"……对不起。"

他觉得自己仿佛被压得喘不过气来,无法再说下去。

车站广播告诉他们,前方列车要晚五分钟出站。

"不过啊……"小圆依旧盯着前方说,"只要把钱还了,爸爸就能回来了不是吗?到时候爸爸妈妈和我又能住在一起了不是吗?爸爸现在正在为了那个目标而努力,对不对?所以我只要去卡拉 OK 就足够了,也不需要自行车。"

小圆用略显尖厉的声音一口气说完,低下头轻轻握住一男的手。冻得冰凉的小手。一男也温柔地裹住了她的手。

"是啊……到时候我们再一起生活吧,还要给你买自行车。爸爸会加油的。"

"啊,对了。我差点忘了!"小圆仿佛为了掩饰害羞,突然大喊一声,"妈妈要我给你带话。下周日的芭蕾舞汇报演出,要不要一起去?"

"啊,真的吗?"

"嗯,她说可以。爸爸好久没来看我的表演了呢。"

"嗯。"

"高兴吗?"

"当然高兴啦。"

挤满了人的电车缓缓滑进站台,小小的小圆从人群的缝隙间挤进车厢。车门关闭,装满了乘客的电车似乎有些艰难地开动起来。小圆贴在车窗上,努力在狭小的空间里朝他挥手。一男忍不住微笑起来,对她用力挥手。

睽违三年的芭蕾舞报告表演会场感觉比以前大了许多。

父母们带着孩子纷纷走进会场。洋溢着孩子们登台表演前的笑容,大厅里流淌着声势浩大的古典乐章,桌子上堆满了花束。

一男走进会场,震惊于这种久违的气氛。虽然陈旧却显得温馨的大厅、红色的观众席、木质舞台,天蓝色的巨大幕布。

多达八百个的席位从前往后依次坐满了人,主要是盛装而来的夫妻、学长学姐,甚至还有看似祖父母的老年夫妻。会场上空回荡着轻笑声汇集成的骚动。

一男环视会场,寻找万佐子的身影。他刚才收到的短信上说位置在"面向舞台左侧最后方"。定睛一看,万佐子果然坐在最后一排座位的角落里。

一男快步走上台阶,来到万佐子身边坐下。

比之前长了不少的黑发整齐地扎成一束,露出大理石般光滑白皙的脖子,身上穿着虽不夸张但质地极佳的黑色修身西装和灰色圆领针织衫,脖子上挂着光泽柔润的珍珠项链,双耳还戴着配套的耳环。尽管距离两人初识已经过去了十几年,她依旧将自己置身于单调的色阶中。

他们周围的座位几乎都没有人,而且在最后一排还能轻松看到整个舞台。这个选择真符合她的性格。当别人都往前面挤的时候,万佐子会选择最后面的座位。所有人都心急火燎的时候她反而会更加悠然,别人焦躁不安时她却十分淡定。这样做并非叛逆,而是因为她知道,那是十分自然而"正确"的选择。

"小圆她紧张吗?"一男有点呼吸急促地坐了下来。

"嗯,很紧张。真是多少年都改不过来。"万佐子安静地微笑道。

他们俩就像来看女儿演出的极其普通的夫妻。他们的对话仿佛两人早上一起醒来,一起吃过早餐,一起乘坐电车来到这里一样平淡。我们还有希望。一男对自己说。

"三年没见了。"

"是啊。"

"谢谢你叫我来,我很高兴。"

"我想让你看看小圆今天的样子。"

会场的照明变暗，周围响起一片潮水般的掌声。幕布拉开，柴可夫斯基的《胡桃夹子》高声奏响。舞台两侧涌出八个小女孩翩翩起舞，她们都只有三四岁。那几个孩子跳起舞来与其说是"胡桃夹子"，看起来更像是"发条小人"，舞姿僵硬而滑稽，旋转和跳跃都不甚熟练。

"真可爱。小圆以前也是那个样子呢。"

"她已经学了六年芭蕾哦。"

"是吗？这么久了啊。"

"是不是坚持了很长时间？毕竟这是那孩子头一件真正想做的事情。"

"对啊。"

"你当初还反对来着。"

"因为太贵了，而且我以为她坚持不下来。"

"看来是你猜错了。"

音乐渐入高潮，舞台上的小芭蕾舞演员们转起了圈子，在最后一排起舞的个子最小的女孩突然跌倒了。不知是扭到脚还是被吓坏了，那个女孩被工作人员从舞台上背了下去。她的身影仿佛与小圆重叠在一起。

小圆在跟那女孩差不多大的时候,也曾经在舞台上摔倒,跟她一样躺在舞台上动弹不得。可是音乐却全然不顾小圆的状态,兀自持续了下去,最后幕布便落了下来。表演结束后,一男和万佐子匆忙赶到后台,发现小圆正在大哭。"我没跳好。爸爸,妈妈,对不起。"她不断重复着那句话,哭得停不下来。一男擦掉小圆脸上的泪水,万佐子则抱紧了女儿。

"真让人怀念啊……"一男说。

"……是啊。"万佐子回答。

"上次真对不起。"

"你是说那个电话?"

"嗯……我当时喝醉了。"一男苦笑着继续道,"不过那时我说的话都是真的。我很快就能拿到一大笔钱,也能把债还清了,我们可以变回原来的那一家人了。"

"……真的吗?"

"当然是真的。金钱能让我们从一切难题中解脱出来。"一男仿佛在说服自己,"以前我很害怕金钱,所以一直在逃避它。自从背上债务之后，我还是坚称有些东西是金钱买不到的，有些东西比金钱更重要。但我总算明白了，只要拥有了金钱，以及掌控金钱的力量，一切问题都能解决。"

一男说着，坚信自己一定会找到九十九，拿回三亿日元。届时一定能找到"金钱与幸福的答案"。对万佐子的这番宣言，仿佛能帮助他的想法成为现实。

剩下的七个女孩依旧在舞台上起舞。

万佐子呆呆地看着那些女孩，低声说道：

"……那样的我们真的能幸福吗？"

"一定能。你可能在担心如果突然得到一大笔钱会让人生走上错误的方向。不过你放心，我一直在寻找金钱和幸福的答案，并为此跟很多有钱人交谈过。"

"那……等你拿到那笔钱，打算做什么？"

"还债和买房子。以前我们做什么都缩手缩脚，现在想要什么都能随便买了。还能买车，可以去旅行，吃好吃的。当然也要小心别让金钱破坏了我们的幸福。"

万佐子看着一男，目光锐利。

"你……果然还是变了。"万佐子的语气突然冷淡起来。"对你来说,那些债务实在太沉重,沉重得让你变了个样子。你已经被金钱夺走了最重要的东西。"

"什么最重要的东西?"

"你真的想买房子买车吗?你现在心里最想要的,究竟是什么?"

我心里最想要的。得到那一大笔钱时,我到底想要什么呢?

一男想起千住的课程。

被书写在白纸上的无数"想要的东西"。

环游世界。高层公寓。高级轿车。避暑胜地的别墅。游艇。头等舱。黑卡[1]。漂亮秘书。家政工。庄园晚餐。丝绸围巾。红底高跟鞋。欲望在一男脑中排成长长的队伍肆意游走。

"我现在什么都不想要。我只想还债,回家,你们想要什么我都给买。"

---

1 银行卡中级别最高的一种,是身份的象征,不能申请,只有通过银行主动邀请客户加入。

"你已经说出了正确答案。"

"什么意思?"

"你被金钱夺走了一样最重要的东西,那就是'欲'。"

"我不懂你的意思。欲望会让人陷入疯狂,我目睹了很多因为欲望而身败名裂的有钱人。"

"欲望的确会让人陷入疯狂,但与此同时,也支撑着我们的生命。"

"我还是不太懂。"

"比如说,"万佐子安静地继续道,"比如说,你现在突然变成了有钱人。等芭蕾舞表演结束,离开会场后,我们就去把债还清,把想要的东西都买回家。这样应该就没什么想要的东西了吧。可是,事情绝不会变成那样。"

一男沉默了。就像看不清战场状况,只能呆立在原地的士兵。

万佐子似乎并未理会一男的状态,而是淡淡地说了下去。

"因为人是为了活下去必须'想要点什么'的生物。想吃好吃的,想到别的地方去,想要什么东西。因为怀有这样的愿望,我们才能活着。过去,我为了读到你在图书馆为我选的书,才支撑着自己活到明天,活到后天。想象自己下次看什么样的书,直接成了我生活的动力。那时我只是借书,还书,就觉得很幸福了。我每借走一本书,心中的书架就会被填满一些。当书架被装满后,我就找到了自己真正想要的东西。那就是你。"

《胡桃夹子》的旋律渐渐平息。女孩们在舞台上深鞠躬,会场响起一片掌声,就像温柔的雨点般柔和的掌声。

"……只要回到从前就行了。我们肯定能从头开始,而且也有钱实现了。"

"……可能是因为你太认真了。在背负债务的生活中,你日日夜夜都想着金钱,因此金钱占据了你的思维,夺走了你'赖以生存的欲望'。其实无论欠多少债,你无休止地工作,我都可以忍受。只要你每年都能空出时间来看一次小圆的表演,我们依旧可以是一家人。可是你却让小圆退出芭蕾班,你可能认为那只是很小的事情,但那对我来说却是致命一击。我因此确信,你已经彻底变了。那时你是让我和小圆舍弃自己'赖以生存的欲望'啊。"

幕布再次升起,舞台亮起灯光。

身穿浅蓝色连体衣的小圆登上舞台。

紧接着,又有三名少女出现在舞台上。四个人走到舞台中央,朝观众席深深鞠了一躬。现场响起热烈的掌声。

"我道歉。可现在的我跟以前不同了,现在的我……一定能让你们幸福。"

一男用仿佛从震颤的身体中勉强挤出来的声音说着。

"我无法再跟你一起生活。"万佐子犹如叹息一般说道。她的眼睛里满是悲伤,眼神既没有怜悯也没有轻蔑,只对他传达着残酷的现实。

"无论你得到多少钱,都变不回原来的样子了。我也一样,一度失落的欲望很难再找回来。就像我们已经无法再将单纯的借书还书当成幸福一样。"

漫长的寂静过后，双簧管悄然奏响。《悼念公主的帕凡舞曲》，那是拉威尔想象小公主在西班牙王宫中起舞的场景时创作的曲子。每到下雨天，万佐子都爱听这首曲子，边听边小声对一男说："听到这首曲子我就会想，真正的幸福和真正的悲痛其实是很相似的。"这个已经被他忘却的记忆，此时又在脑中复苏。

"小圆……会同意吗？"一男用颤抖的声音说，"我不这么认为。"

"……昨天我跟她说了。"万佐子凝视着在舞台上起舞的小圆，眼中噙着泪水。"小圆哭了。还反复问我，爸爸不能回来了吗？但她最后还是说她明白了，还说别在意我。我的做法可能是错的。为了小圆，或许我应该继续跟你生活，但我认为那样的生活太绝望了。这样下去，我们就再也没有想要的东西，会失去活下去的动力，最后连爱情也被消耗殆尽。小圆不能跟那样的父母在一起，我不想让她待在一个迟早会失落的环境中。所以我决定了，要建立一个新的书架，重新往上面放书。为了跟小圆一起，为了活下去。"

管弦乐的演奏凄美清丽。《悼念公主的帕凡舞曲》,它的旋律仿佛得到了世间所有悲伤和希望的祝福。小圆伸展着纤细的四肢,在台上起舞。她呼吸急促,心跳加快,但舞步依旧没有停下。

看着她的舞蹈,一男陷入回忆。

发出第一声哭泣的小圆。蹒跚学步的小圆。要妈妈添饭的小圆。枕在他膝头入睡的小圆。背着小红书包奔跑的小圆。挥舞着焰火的小圆。在运动会上飞奔的小圆。在卡拉OK高歌的小圆。

离别那天,哭着回过头来朝他挥手的小圆。

在车站问他"我们还能一起生活吧"的小圆。

她打从心底想让我们一直都是一家人。那是她的"最爱"。可是现在,小圆已经知道我要跟万佐子分开。她知道了一切,却在独自起舞。

一男眼中噙满泪水,视线变得模糊。

在一片模糊的视野中,他看到了"过去的万佐子",温柔美好的笑容,托着渐渐隆起的肚子。对了,那是小圆出生前一个月。

一男在看书。万佐子一边织毛衣一边看着他,小圆还在她肚子里。

一家人的开端。小圆出生了,万佐子幸福地笑了,一男高兴地哭了。谢谢。谢谢你的降生。

他们搬进远离市中心,周围环绕着浓浓绿意的出租公寓。经常到配有游玩设施的公园去玩,到河边散步。到书店去,一男买文库本的书籍,万佐子买杂志,小圆买图画书,每人一本。回家路上到快餐店吃套餐,三人一起商量下次休息要去哪里玩,然后买泡芙回家当点心,还有明天早餐吃的面包,最后在光盘店租一部老电影回家。三人一起洗澡,看电影,躺在被褥里睡成川字形。

如今已经回不到那样的生活。就算有三亿日元,十亿日元,一百亿日元,也无法买回那样的生活。

让人们幸福的究竟是什么?

让人们拥有生活的动力,为明天而活的究竟是什么?

是柔软的浴巾,是风中摇摆的窗帘,是阳台上迎风起舞的衣物,是并排摆放的牙刷。是刚烤好的面包、香甜的苹果、滚烫的咖啡。是一朵郁金香、面带欢笑的全家福、令人身心舒畅的音乐。

或许,这些都能用钱买到。可是,与之相随的幸福却只有与别人共同拥有才能体会,一个人是很难得到的。必须与人分享,分享那幸福的时刻。

小圆在台上不停舞动着。

一家人最后的汇报演出。她已经知道了这件事,所以才会拼尽全力起舞。坐在这么远的距离,他依旧能看出小圆的双腿开始颤抖,呼吸开始急促。一男紧紧握着双手,凝视女儿勇敢的小小身影。

就在此时,小圆脚下一绊跌倒在地。会场发出短促的尖叫。

小圆一动不动,俯伏在地。

音乐残酷地继续流淌着。跟那天同样的光景,三岁的小圆与台上的小圆身影重叠在一起。加油!小圆!他想大喊,却无法发出声音。

"小圆！站起来！"

万佐子突然大喊一声，会场上所有观众齐齐回过头来看着她。

"小圆！加油！"

万佐子忽地站起来，全然不顾观众的注目，边哭边叫。

可能听到了妈妈的声音，俯伏在地的小圆站了起来。她颤抖着撑起身子，直视前方挺起胸膛，展开了双臂。紧接着，她带着决绝的表情开始起舞。

一男胸口一阵苦闷。

加油！小圆！加油！一男在心中反复嘶吼。泪水涌了出来。不行，这样不行，我也要赶紧给她加油。加油！小圆！加油！然后他要跑到小圆身边，紧紧抱住她。尽管如此，他却怎么都无法发出声音，甚至无法动弹。

一男想起了那天的小圆。

在后台哭泣的小圆。爸爸，对不起。妈妈，对不起。

那天，在后台里，万佐子抱着小圆哭了。一男替小圆拭去脸上的泪水，自己也哭了。

那天的我们,确实是一家人。

很快,我们将不再是一家人。

尽管如此,我们却依旧像那天一样哭泣着。

亿男的未来 ─────────

"从前有家鱼店的老板嗜酒如命,成天游手好闲。他老婆忍不住抱怨说,你赶紧给我干活去呀。不去做生意怎么能行,我可不想过穷日子,快到鱼市上去。老板说,我才不去。快去呀。那你先让我喝个够,喝够了我就去。"

身穿黑衣的九十九开始表演落语。

他身边是身穿白衣的一男,两人的舞台就在沙丘之上。

能够俯瞰摩洛哥广阔沙漠的沙丘之上。清晨,两人并排坐在那里,眺望着美丽的淡紫色天空。

九十九像往常一样侃侃而谈,如同歌唱。清晨的沙漠悄无声息,仿佛戴了一副厚重的耳机,一男只能听到九十九的声音。

"老公,都早上啦,快起来,不是说好了要去鱼市吗?干吗啊,烦死了,现在叫我怎么去啊……菜刀呢?给你磨好了。草鞋呢?摆出来了。臭娘们儿,行行行,我去还不行吗?!"

手艺虽好但嗜酒如命的鱼店老板,成天只知道喝酒不愿干活,因此一直过着贫穷的生活。终于有一天,他老婆忍无可忍,一大早把他叫了起来,鱼店老板这才不情不愿地到芝浜的鱼市去采购。可是由于去得太早,鱼市还没开张。鱼店老板没办法,只好在海边打发时间,走着走着,发现海水里泡着一个钱包。他捡起来一看,里面竟有一大笔钱。鱼店老板兴高采烈地回到家,叫来狐朋狗友吃喝玩闹,最后喝醉酒睡了过去。

"老公,快起来。干什么啊。什么干什么啊,你到底要睡到什么时候,吃喝的账谁来结啊?用捡来的钱结账不就完了。捡来的钱?你在说什么梦话呢,你不是一直在睡觉吗?怎么可能,老子确实……唉……果然是这样吗?是怎样?原来你做了那样的梦,才会一觉醒来又吃又喝大闹一顿。做梦?是啊,你这人真没出息,就算穷也不至于做那种捡到钱的梦啊!"

淡紫色的天空渐渐转为深蓝。仿佛南国海面上蔚蓝的晴空。

"竟然做了捡到钱的梦,真是太丢人了,全都是酒的错。今后我要戒酒,努力工作。"鱼店老板重新决定了人生方向，立志戒酒。"钱不能靠捡，要自己去赚回来，我彻底清醒了。"于是，他开始拼命工作。

天空逐渐明亮起来，沙丘组成的地平线下出现了几缕阳光。九十九如歌唱般朗朗而谈，伴随着结局抬手一拍沙面，缓缓垂下头。

一男笑着为他热烈鼓掌。

因高烧倒下的一男在陶器店老板沙漠中的豪宅里醒来，随后九十九赶了过来，如今又过了几个小时。

全身沾满沙尘的九十九洗了个澡，穿上了陶器店老板给的黑衣和头巾。一男暂住的房间里又多了一张床，让他和九十九两人在里面过夜。

但他们都没有睡着。不知是因为过于兴奋，还是窗外的月光实在太明亮。或许两者都有。总之两人谁都没说话，沉默地盯着马赛克花纹的天花板。

天空渐渐亮了起来。九十九辗转反侧了无数次后，突然从床上跳了起来，套上凉鞋走出了房间。一男赶紧追在他后面。

满月下的沙丘散发着银色的光泽。九十九正奋力蹬着松散的沙粒，爬上那个直径足有数百米的陡峭沙丘。一男紧随其后爬上沙丘。柔软的沙粒仿佛无数只小手抓住他的脚踝，让他举步维艰。长夜吸收了沙丘里的热量，裹住脚踝的沙粒触感冰凉。

两人沿着沙丘的斜坡奋力攀登，脉搏迅速加快，嗓子干渴难耐。单色调的黄沙世界夺去了他们的距离感，让他们觉得越往上爬，距离顶端越是遥远。攀爬了十五分钟，当视野开始模糊的时候，一男和九十九终于登上了沙丘顶端。两人气喘吁吁地并排坐在沙丘上，花了整整十五分钟调整气息。在呼吸恢复正常的那个瞬间，九十九突然说起了落语。

"九十九的落语最精彩了。"一男说，"在教室里听也很棒，不过在沙漠上听，就觉得更好了。"

"谢、谢谢你。我、我也说得很畅快。"

九十九恢复了结结巴巴的语气，低声说道。

"这是世界上第一场'沙漠落语会'。"

一男笑了。九十九也被他逗乐了。两人的笑声仿佛一直传到了地平线。

"你来找我的时候,我真的很高兴。"一男凝视着地平线说。

"那、那时候,我找了好久都没找到医生,实在没办法就回了陶器店,结果你却不见了。我、我都着急死了,到处找你。不过最后能找到一男君真、真的太好了。"九十九依旧像往常一样低着头说。

"不过你究竟是怎么找到这里来的?我觉得应该没什么线索啊。"一男问。

九十九沉默了一会儿。沙漠依旧是一片寂静,只要两人都不说话,就是无声的世界。

"我、我花了一百万日元。"九十九安静地回答。"我拿着一百张百元美钞,到处发给那些人。然后,就有人带我去找可能知道线索的人,那人把陶器店老板的住址告诉了我,最后还有人开车把我送到了半路。"

"你哪儿来的这么多钱……"

"我、我现在有一亿日元存款。"

"一亿日元?"一男吃了一惊,赶紧又问,"从哪儿来的?"

九十九双亲都是教师,可谓非常普通的家庭。他不可能因为继承遗产拿到一大笔钱。

"炒、炒股。我、我从大二就开始炒股了。一开始是为了验证自己的概率论,做个实验。不过,我好像具有这方面的才能。大、大二赚了一千万,大三变成五千万,最后就超过了一亿。"

一男震惊了。几乎随时都跟他待在一起的九十九,竟过着他一直都没发现的生活。九十九的话越来越流畅,仿佛已经把无言以对的一男抛在了身后。除了表演落语之外,他还是头一次看到九十九说话如此流畅。

"所以跟一男君旅行的时候,要不要给带路的小孩付钱,该吃一美元的饭还是两美元的饭,出租车费该给多少,老实说,这些事我真的觉得无所谓。"

"九十九……你……"

"可是,这些本来就该是旅行乐趣的一部分,不是吗?追求一些琐碎的事物,努力砍价尽量便宜地拿到手。可是我发现,自己再也无法享受那种乐趣了。明明有了这么多钱,想要什么都能买到,我对金钱却没有了任何想法。我很害怕那样的自己,所以才更吝啬,努力对那些小钱保持执着。"

为什么九十九如此抗拒给男孩支付小费?仿佛收音机渐渐对上正确的调频一般,一男心中的迷惑也渐渐解开。

九十九继续说了下去,似乎想一口气吐出郁积在心中的话语。

"可是无论我怎么执着,还是无法真正享受那种乐趣,那些真的都无所谓。我现在已经知道,只要有钱什么事情都能解决,所以已经对生活失去了兴趣。"

"九十九……你一点都没变,还是以前的九十九。还是那个平时弓腰低头,却能讲出精彩落语的人。"

"不对,我可能真的变了,就像那部电影一样。'游客在到达时或许会开始考虑回程,而旅人有时却再也不会回来。'在金钱的世界,我已经不是游客,而是旅人,我已经开启了自己的旅途。这段旅途一定很漫长,说不定要很久以后才能回来。"

太阳从地平线上升起,深蓝色的天空逐渐融化在乳白色的光芒中。连绵不绝的巨大沙丘迅速由红色变为橙色,又转为沙黄色。

朝阳实在太美了。一男眯着眼睛,看向那轮红日。

从今天起,从这个朝阳升起之时,我和九十九将前往不同的世界。一男心中预感道。

"九十九,我能为你做些什么吗?"

"我希望你能等我,因为我觉得自己最后一定能回来。但我同样觉得,一旦踏上旅程,不看遍路上的所有风景就找不到回家的路。我在市场上把你弄丢了,不得不到处寻找的时候,决定用钱把你找出来。我认为,那时我就决定了自己前进的方向。我今后要直面金钱,去探索金钱的天堂与地狱。我要尽自己所能,去寻找所谓金钱的真相。"

"九十九……"

无论他如何绞尽脑汁,都想不出该对九十九说些什么。

对一男来说,九十九是他第一个挚友,一定也是最后一个挚友。一男眼看着九十九独自苦恼，却无法对他伸出援手。他费尽苦心来帮助自己，自己却无法拯救他。一男现在无法阻止即将前往远方的九十九，甚至无法为他的启程祝福。他觉得自己实在太没出息，急得快哭出来了。

"一男君，你愿意等我吗？"

九十九看着那轮与两人的别离毫不相符的，过于壮美的朝阳说。

"我要去寻找金钱和幸福的答案。我一定会回来，到时候我们俩一定能再次凑成一百，凑成完美。"

"咚"的一声，一男被惊醒了。

从芭蕾舞汇报演出回来的路上，等他回过神来，发现自己已经坐在电车上睡着了。他实在太累了，经历了过于激烈的感情起伏，大脑一直在命令他沉睡。

就在一男要重新睡过去的时候，又听到"咚"的一声，一个人在他旁边坐了下来。

"我们来猜个谜……"旁边的男人突然发问，"世上有三样东西是人类无法靠自身意志来掌控的。你知道是什么吗?"

一男看到了"旁边的人"倒映在车厢另一端玻璃上的身影。

一身黑衣。一头乱发。一双黑猫似的眼睛。

是九十九。

面对突如其来的事态,一男不知如何是好。他想抓住九十九,却连一根手指都动弹不得。他仿佛被施了定身术,身子完全不听使唤。一男用颤抖的声音回答道:

"……死亡、爱情,还有金钱。这是那天你在派对上告诉我的。"

"没错。可是,只有金钱与其他两者不同。你知道是什么不同吗?"

九十九像表演落语一般侃侃而谈,仿佛在念剧本上的台词。

"九十九……我不知道啊。"

"死亡和爱情,都是从人类降生的瞬间便存在的。但唯有金钱,是人类亲手创造的。将人的'信任'加以物化，就成了金钱。人类发明了金钱，并信任金钱，使用金钱。这样一来，你不觉得金钱就是人类本身吗？所以我们只能信任他人。在这个绝望的世界里，我们却只能信任他人。"

"……九十九，这到底是什么意思？为什么你要拿走我的三亿日元，能解释一下吗？"

这一切实在太难以理解了。他的思维陷入一片混乱，希望九十九能向他清楚明白地解释这一切。

"……一男君，我们是在哪里认识的？"

"落语研究会。"

"我最擅长的落语呢？"

"……《芝浜》！"

一男想起来了。摩洛哥的沙漠。一望无垠的沙丘。淡紫色的天空。

流畅地表演落语的九十九。他选择的故事，正是第十八号《芝浜》。

鱼店老板发现自己捡到巨款竟是一场梦后，便洗心革面努力工作。

他原本就是手艺很好的鱼店老板。一旦开始努力工作,生意就越做越好,三年后终于开起了一家像样的店铺。

那年的大年夜,鱼店老板娘从家里找出"那个钱包",开始对老板坦白:"我一直藏着这个钱包。"因为那天老板娘看到他拿回来的钱包十分为难,认为这样下去老板肯定会一事无成,所以老板娘就趁他喝醉时骗他说:"你根本没捡过钱包,那都是做梦。"

鱼店老板知道事实后,并没有责怪妻子,而是感谢她用完美的谎言使自己重新振作,成了一个有用的人。妻子含着泪光,想犒劳丈夫多年的劳累,对他说:"不如我们喝几盅吧?"鱼店老板一开始拒绝了,但最后还是小心翼翼地拿起酒杯。"嗯,是啊,那就喝几盅吧。"可是他刚把酒杯送到嘴边,突然又放下了,然后说:

"算了。这如果又是梦一场可如何是好。"

九十九坐在他身边,他脸上的笑容,正是在摩洛哥沙漠中看到的,羞涩的微笑。

"你说你想知道'金钱与幸福的答案',希望我教你如何使用金钱,所以我想让你见见十和子、百濑和千住他们,想让你听听他们的话。这么说实在很对不起你,但我已经事先告诉他们你可能会来。但我同时也说,他们想对一男君说什么都是他们的自由。我希望他们能把自己理解的'金钱与幸福的答案'告诉一男君。我希望你能看到,金钱会如何改变一个人。"

就在这一刻,一男为期三十天的金钱冒险迎来了尾声。《芝浜》终于结束了。

九十九转身看着哑然的一男,继续说道:

"说白了就是卓别林那句话。'人生所需要的,无非就是勇气和想象力,还有这么一点儿钱啊。'拥有想象力,了解世界的规则,再鼓起勇气踏入其中。只要有了这两样东西,我觉得只要一点点钱就足够了。我认为,那句台词的真正意义就是这个。他在获得巨大资产后写出的这句话,我认为是极其合理的。"

"……果然你是九十九,而我只是一啊,根本胜不了你。原来这一切都是你一手安排的。"

一男有些无力地说。

九十九凝视着一男，然后问道：

"那么一男君，你找到'金钱与幸福的答案'了吗？"

"还没有。但你不是说，那个答案就在人类自己身上吗？"

"那既是正确答案，也是错误答案。换句话说，金钱与幸福的答案并不止一个，每个人都有着属于自己的解答。所以，现在如果让我站在怀疑人类还是信任人类的分岔路口上，还是会再次选择信任的道路。"

九十九看着一男。

"是你让我产生了这样的思想转变，因为我只找到了百分之九十九的答案，唯独最后一块拼图无论如何都填不上去。而为我补上最后一块拼图的，一男君，那就是你啊。我已经从朋友那里听了他们对你说的话，看到你在与金钱搏斗的同时，依旧极力想相信我，这让我十分感动。同时也让我觉得，自己又能相信别人了。我终于结束了金钱之旅，可以踏上归途了。果然，只有我们俩在一起才是一百，才是完美啊。"

九十九像唱歌一样一口气说完。随着他话音落下，电车也恰好停在了站台上。这个车站没什么灯光，显得很昏暗。车门打开，冷风马上灌进车厢。九十九把双手插进衣兜里，用黑猫一般灵巧的动作，悄无声息地下了车。

一男依旧无法动弹，只能呆呆地看着他的背影。

"下次再见……"

九十九低声说出那句话的瞬间，车门关闭了。

九十九站在站台上。一男坐在车厢里，目不转睛地看着他。

两人互相凝视。

电车缓缓启动。九十九突然抬头看向天空，一男也不由自主地模仿了他的动作，看向头顶的行李架。

上面放着一个似曾相识的旅行袋。

一男拎着沉重的旅行袋下了车。

他沿着河边漆黑的道路走了十五分钟，回到面包工厂宿舍。九十九、十和子、百濑、千住……这三十天里发生的事情像走马灯一样在脑中闪过。他们都追求金钱，被金钱摆布，挣扎着想得到幸福。他们说的每一句话都令人记忆犹新。

一男缓缓登上通往自己房间的楼梯，打开薄木门。

眼前是个四叠半的房间。

小猫马克·扎克伯格喵喵叫着向他走来，抓挠着一男手上那个大旅行袋，它一定以为里面装着猫粮吧。当它看到一男打开旅行袋时，又露出了"搞什么，又是纸片"的表情悻悻离开，在窗边舔起了毛。

包里还是跟以前一模一样，满满当当地塞着一捆捆万元钞票。

一男也像以前一样，把那些钞票一捆一捆取出来码放在地板上。很快，地面就铺满了福泽谕吉。百万元一捆的钞票有三百捆，连那天晚上一男用掉的钱都如数回来了。

一男再次成了"亿男"。

他又开始想象世界上那些"亿男"们。

他真想一个个去问，你们真的幸福吗？

世界上又有多少人最终能找到"金钱与幸福的答案"呢?

一男目不转睛地盯着眼前码放整齐的福泽谕吉,试图寻找那个答案。

他的表情既像欢笑,又像哭泣。

落魄的卡尔费罗鼓励深受疾病困扰的塞瑞拉。

"人生所需要的,无非就是勇气和想象力,还有这么儿一点钱啊。"

卓别林说。

"奋斗吧。为了你的人生。活下去,经历痛苦,享受生活。生命如此美好,如此灿烂。生存与死亡一样,是无可避免的。"

一男与小圆走在商店街上,想起九十九告诉他的这句台词。小圆走在前面,推着刚买的翠绿色自行车,那辆自行车对小圆来说似乎有点大。但是,过不了多久,那辆自行车想必也会变成"小车"吧。

商店街入口处正在举行抽奖活动,三等奖是自行车。一男和小圆看了一眼抽奖现场，走进自行车店，买下了一辆翠绿色的自行车。这是他用失而复得的三亿日元买的第一样东西。

二人来到河堤上。

太阳已经开始西斜，黯淡成灰色的草木在冷风中摇摆。几个中年男人并肩坐在河边垂钓，前面的空地上有几名少年在踢足球。从空地走上一段陡峭的斜坡，前方就是一条缓缓弯曲的细长道路，路旁有几个人牵着狗在散步，也有人在慢跑。

翠绿色的自行车摇摇晃晃地加入其中。

小圆用颤抖的小脚蹬着踏板。可能因为自行车太大还不习惯，她有点使不上力气。车头左右摇晃着，一男跑过去从后面推了一把，自行车缓缓前进。小圆使劲蹬着踏板，车速渐渐加快。待自行车稳定下来后，一男放开了车尾。他一路小跑跟在后面，距离却越拉越开。不一会儿，一男停了下来不再追赶。小圆小小的身影跟自行车一起渐行渐远。

一男气喘吁吁地看着她的背影。

卓别林说：

"生存与死亡一样，是无可避免的。"

既然如此，我们只能为了自己的人生而奋斗，去经历痛苦，活下去。

怀抱着勇气和想象力。

小圆的身影已经离得很远，他可能追不上了。

已经走得很远了。

可是，待他回过神来，自己已经在奔跑。一开始只是慢跑，但很快便开始发力，最后冲刺起来。

他还想跟小圆和万佐子一起生活。

想跟她们做一家人。

只有这点，他无论如何都无法放弃。

看着小圆渐行渐远的背影，他只想把她追回来。

他有钱，但依旧找不到想要的东西。

可是现在，想挽回失去之物的"欲"成了促使一男活下去，让他走向明天的动力。

促使他一步，又一步，向前迈进。

一男埋头狂奔。

在河边散步的老夫妻和刚结束社团活动回来的高中生们都笑着看向一男。

在这休息日气氛闲适的河堤上,一男爆发出格格不入的气场奔跑着。他咬紧牙关,喘着粗气,向着小圆的背影拼命挥动双腿。

"爸爸,你怎么了?"

小圆看到他惊讶地说。

不知不觉间,他已经追到了自行车旁边。

"不是告诉过你吗,爸爸跑得很快的!"

一男依旧喘着粗气,却满脸笑容地大叫。

"爸爸,你够了。这一点都不像你啊!"

小圆露出坏笑,用力蹬起了踏板。

翠绿色的自行车开始加速。

一男奔跑着,全力追赶着。

足底开始麻木,肺部开始抽痛,心脏的鼓动震颤了全身。

他笑着笑着,却流下了眼泪。

"是真的!爸爸以前是接力赛主力呢!"
一男挥舞着双臂,向前奔跑。
他双脚用力蹬向大地,超过了自行车。

OKUOTOKO
Copyright © 2014 Genki Kawamura inc.
Chinese translation rights in simplified characters arranged with Genki Kawamura inc.
through Japan UNI Agency, Inc., Tokyo

图书在版编目（CIP）数据

亿男／（日）川村元气著；吕灵芝译．—北京：新星出版社，2015.9
ISBN 978-7-5133-1876-1

Ⅰ．①亿… Ⅱ．①川… ②吕… Ⅲ．①长篇小说-日本-现代 Ⅳ．① I313.45
中国版本图书馆 CIP 数据核字（2015）第 178174 号

亿男

（日）川村元气 著；吕灵芝 译

责任编辑：邹　瑨
特约编辑：王跃嵩
责任印制：李珊珊
装帧设计：@broussaille 私制

出版发行：新星出版社
出 版 人：谢　刚
社　　址：北京市西城区车公庄大街丙3号楼　　100044
网　　址：www.newstarpress.com
电　　话：010-88310888
传　　真：010-65270449
法律顾问：北京市大成律师事务所

读者服务：010-88310811　　service@newstarpress.com
邮购地址：北京市西城区车公庄大街丙 3 号楼　　100044

印　　刷：北京盛源印刷有限公司
开　　本：910mm×1230mm　　1/32
印　　张：8.625
字　　数：84千字
版　　次：2015年9月第一版　　2015年9月第一次印刷
书　　号：ISBN 978-7-5133-1876-1
定　　价：39.00元

版权专有，侵权必究；如有质量问题，请与印刷厂联系调换。